中國古典名著

羅通掃北

鴛湖漁叟 校訂
劉 倩 校注

三民書局

國家圖書館出版品預行編目資料

羅通掃北／鴛湖漁叟校訂;劉倩校注.－－初版一刷.－
－臺北市: 三民, 2012
面;　公分.－－(中國古典名著)

ISBN 978-957-14-5606-5　(平裝)

857.44　　100026589

© 羅通掃北

校訂者	鴛湖漁叟
校注者	劉　倩
責任編輯	林易柔
美術設計	郭雅萍
發行人	劉振強
著作財產權人	三民書局股份有限公司
發行所	三民書局股份有限公司
	地址　臺北市復興北路386號
	電話　(02)25006600
	郵撥帳號　0009998-5
門市部	(復北店) 臺北市復興北路386號
	(重南店) 臺北市重慶南路一段61號
出版日期	初版一刷　2012年1月
編　號	S 857390

行政院新聞局登記證局版臺業字第〇二〇〇號

ISBN　978-957-14-5606-5　(平裝)

http://www.sanmin.com.tw　三民網路書店

羅通掃北　總目

引言

羅通掃北，又名說唐小英雄傳。講述唐太宗貞觀年間，李世民御駕親征北番赤壁寶康王，中計被困番都木楊城；羅成之子羅通憑著「羅家鎗」，在校場考奪元帥印，與秦瓊之子秦懷玉、程咬金之子程鐵牛等小英雄率領大兵前往救援的故事。

在「說唐」系列故事中，羅成這個人物本於史無徵，羅通自然也子虛烏有，純粹是說書人的舌上波瀾。小說篇幅不長，不足十萬字，內容比較簡單，寫法也單調、粗獷，如主要講征戰，但基本上沒有什麼排兵布陣、運籌帷幄，一般是通名問姓之後，雙方戰將便掄起傢伙，「馬打交鋒過，英雄閃背回」，來來回回，總不外乎刀劈、斧架、鎗挑，比的不過是誰叫陣的聲音亮、誰的力氣大、誰的武藝高而已，千篇一律。

羅通掃北一書，也許最讓人唏噓的就是屠爐公主之死了。隋唐演義裡，羅成與竇建德之女竇線娘在兩軍對壘時馬上訂盟，於陣前成就了三生緣；羅通卻不肖其父，將與屠爐公主的好姻緣翻作了惡姻緣，套用小說裡半通不通的說話，真可謂「畫虎不成，反類其犬」。

番邦屠爐公主在黃龍嶺布下飛刀陣，將羅通的弟弟羅仁斬成了肉醬；擒住羅通後卻一見鍾情，覺得「這蠻子相貌又美，鎗法又精，不要當面錯過」，便在刀光鎗影中託付終身，面訂姻緣，強要羅通立下一個「千斤重誓」。羅通口是心非地許下城下之盟，心底裡卻只想著稀里糊塗地權過此關，等打完仗、救出龍駕後，再報弟仇不晚。

有了公主的裡應外合，木楊城一戰，赤壁寶康王大敗。唐天子允婚，程咬金穿上「紗帽紅袍」，扮個斯文樣，親做媒人。洞房花燭夜，我們的少年英雄惡向膽邊生，翻臉便無情，痛數公主兩宗大罪：一是不孝不忠，「在沙場不顧羞恥，假敗荒山，私自對親，玷辱宗親，就為不孝！大開關門，誘引我邦人馬沖踹番營，暗為國賊，豈非不忠」；一是暗譏公主水性楊花，「我邦絕色才子，卻也甚多，經不得你看中了一個，也為內應，這座江山送在你手裡了」！左一個「賤婢」、右一個「賤婢」，硬生生逼得剛烈性氣的屠爐公主拔劍自刎。

唐營諸將，全都偏向公主，均以為羅通「不應該如此失信，太覺薄情」。唐天子一怒之下，將羅通罷黜為民，終身不許娶妻。或許是因為說書人太熱愛羅成了，不忍絕了羅氏宗祀，羅通掃北並沒有讓羅通守鰥到老。後來唐天子鬆口，程咬金老兒依然媒人，為羅通配了「隋朝第十三條好漢」史大奈的醜女兒，這個姑娘，長得好不怕人：「一張鍋底黑毛臉，這個面孔左半身推了出來，右半身凹了進去，連嘴多是歪的。凹面闊額，兩道掃帚濃眉，一雙銅鈴豹眼。」不過，總算是延了羅門一脈的香火。不知道羅通會不會偶爾想起那一位大膽自媒、青春貌美的「絕色番婆」來。

羅通的確在屠爐公主面前立下了一個「千斤重誓」，只不過當初他說的誓是：「公主，本帥若有口是心非，哄騙娘娘，後來死在七八十歲一個戰將鎗尖上！」七八十歲的老將，有什麼好怕的？難道我們的少年英雄，有「羅家鎗」傍身，還殺他不過？這個「千斤重誓」，本就是一個「鈍咒」。羅通掃北一書，並沒有交待羅通的結局。到了說唐征西全傳，這個「鈍咒」的報應才落到羅通身上：羅通隨薛仁貴之子薛丁山征西，遭遇西涼界牌關守將王伯超。王伯超年九十六，使丈八蛇矛，重百二十斤。二人大戰一百回合，不分勝負。羅通首先被王伯超刺中，五臟肝腸都流了出來。他盤腸腰間，終將王伯超挑於鎗下，自己也一命歸陰。

熟悉說唐的讀者，大概會記得羅成與表兄秦瓊互傳武藝的那一段故事吧。彼時兄弟倆也盟了咒，誓言絕不保留，結果羅成瞞了「回馬鎗」，秦瓊瞞了「殺手鐧」，兩人的結局也都應了這個「咒」，羅成是「萬箭攢身而亡」，秦瓊是「吐血而亡」。民間思想中的報應分明，還真是讓人覺得可愛。

「羅通掃北」故事，在民間流傳甚廣，多次被改編為戲曲、說唱。就當代傳播而言，陳蔭榮、劉仙林、連闊如、石印紅、單田芳等著名的評書藝人都講過羅通掃北故事，石印紅的版本，還將諸本中羅通逼死公主的情節，重新改述為吐魯公主與羅通終於成就了喜樂姻緣。一九九一年中視播出的歌仔戲羅通掃北，由黃香蓮、許秀年、唐美雲、石慧君等人主演，今日已成歌仔戲之經典。該戲既擴增了羅通國仇家恨的故事內容，也濃墨重彩地注目於羅通與屠爐公主的恩怨情仇，恰如片頭曲所言：「掃北元帥稱羅通，屠爐公主女英雄。豪氣凌雲多猛將，紅粉佳人情意濃。恩怨情仇恍如夢，回首前塵已迷茫。良緣夙締配鸞鳳，耿耿忠心保大唐。」戲中，羅通與屠爐本是天上的金童、玉女，因擅離職守而被貶下凡間歷劫。羅通征北時，屠爐屢次救之護之，二人最後在陣前訂親。新婚之夜，由於誤會羅仁乃屠爐所殺，羅通休妻，屠爐含冤莫白，只能自殺了斷。此後，屠爐借屍還魂，成為史家千金史玉蓮，幾經波折後，再次與羅通結成連理，結局允愜人心。其實，小說原作中羅通與屠爐公主的姻緣慘劇，在後世各種藝術形式的改編中，多被翻轉過來，改寫為「有情人終成眷屬」的美好故事，如潮劇劇目層爐招親，結局圓滿；明華園歌仔戲代表作界牌關傳說，甚至將他們的愛情與傳統的界牌關故事揑合在一起，讓二人在地府裡再續前緣，生死以之，相思莫負。

從版本源流看，「羅通掃北」故事出自說唐演義後傳。說唐演義後傳，又名說唐後傳、後唐全傳，署「鴛湖漁叟較（校）訂」。作者真實姓名不詳，「鴛湖」在浙江嘉興，作者或是嘉興人。說唐演義後傳包括羅通掃北、薛仁貴征東兩個故事，而這兩個故事，後來都有單行本問世。

據孫楷第中國通俗小說書目、石昌渝主編中國古代小說書目白話卷記載，說唐演義後傳有兩種版本：十卷五十五回本，封面署「鴛湖漁叟較訂」。有乾隆三年（一七三八）姑蘇綠慎堂刊本、乾隆三十三年（一七六八）鴛湖最樂堂刊本、乾隆四十八年（一七八三）觀文書屋刊本、嘉慶六年（一八〇一）桐石山房刊本、咸裕堂本等。

八卷五十八回本，文字比十卷五十五回本簡省。題「姑蘇如蓮居士編次」，首「鴛湖漁叟」敘，以卷首上、卷首下為說唐小英雄傳共十六回，以卷一至卷六為說唐薛家府傳共四十二回。有尚有齋刊本、善成堂本、文林堂本等。

本次整理，以中國藝術研究院戲曲研究所藏乾隆四十八年（一七八三）觀文書屋刊本為底本，並據別本補校。對於明顯的錯字、衍字，作了改正。對於人名、地名不一致的地方，則作了統一。需要說明的是，觀文書屋本說唐演義後傳卷一至卷三為「羅通掃北」故事主體，共十四回。卷四第十五回「龍門縣將星臨凡，唐天子夢見青龍」、第十六回「勝班師羅通娶醜婦，不齊國差使貢金珠」，則在交代羅通結局的同時，插入了薛仁貴掛帥征東故事的緣起。為保證羅通掃北故事的完整性，今將說唐演義後傳第十五、十六回故事合併為一回，刪除與羅通無關的段落，並將回目標題擬作「受聖恩康王復舊位，勝班師羅通娶醜婦」——上句取自文林堂本說唐小英雄傳第十六回，下句取自觀文書屋本說唐演義後傳第十六回。

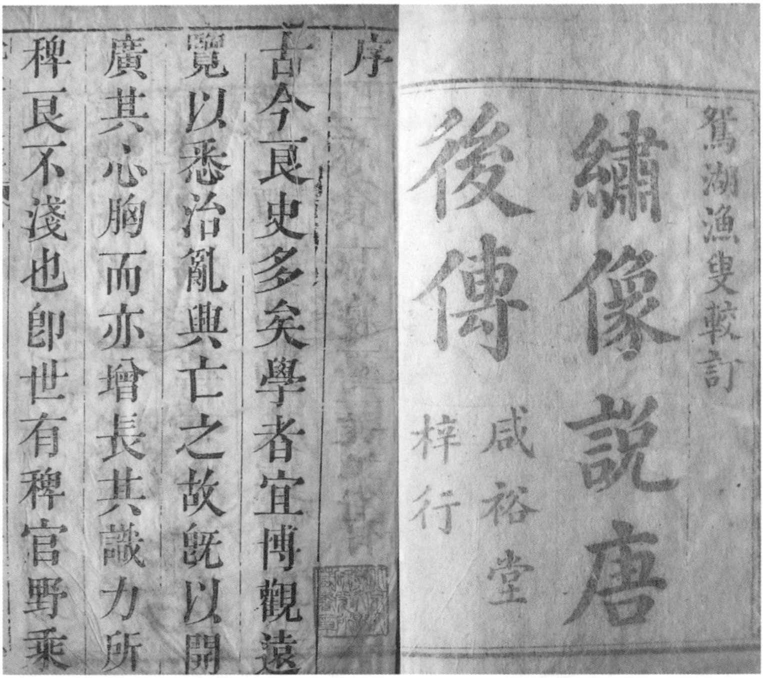
序
古今良史多矣學者宜博觀遠
覽以悉治亂興亡之故既以開
廣其心胸而亦增長其識力所
稗良不淺也即世有稗官野乘

鴛湖漁叟較訂
繡像說唐後傳
咸裕堂
梓行

圖 1：繡像說唐後傳中之扉頁、序（咸裕堂）

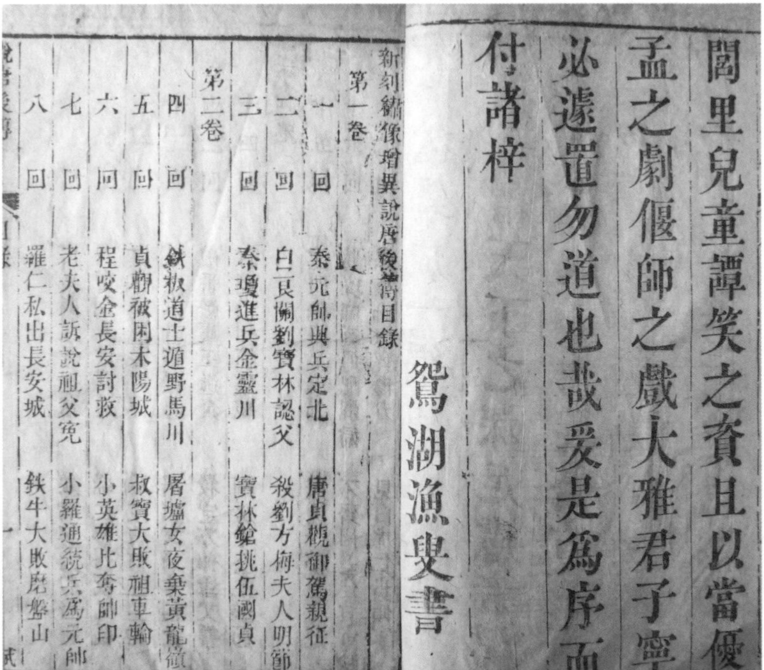
閭里兒童譚笑之資且以當優
孟之劇優師之戲大雅君子寧
必遽置勿道也哉爰是爲序而
付諸梓
鴛湖漁叟書

新刻繡像增異說唐後傳目錄
第一卷
一　回　秦元帥興兵定北　唐貞觀御駕親征
二　回　白良關劉寶林認父　殺劉方梅夫人明節
三　回　秦瓊進兵金靈川　寶林鎗挑伍國貞
第二卷
四　回　鐵板道士遁野馬川　屠壚女夜乘黃龍嶺
五　回　貞觀被困木陽城　救寶大敗祖車輪
六　回　程咬金長安討救　小英雄比奪帥印
七　回　老夫人訴說祖父冤　小羅通統兵爲元帥
八　回　羅仁私出長安城　鐵牛大敗磨盤山

圖 2：繡像說唐後傳中之目錄（咸裕堂）

圖 3：繡像說唐後傳中之羅通（咸裕堂）

圖 4：繡像說唐後傳中之屠爐公主（咸裕堂）

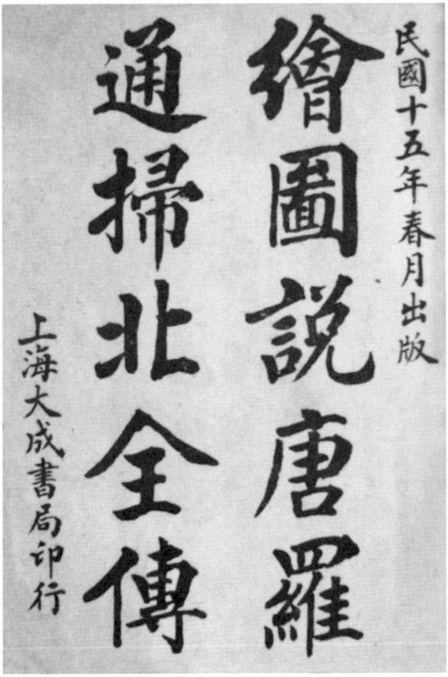

民國十五年春月出版

繪圖說唐羅通掃北全傳

上海大成書局印行

圖 5：繪圖說唐羅通掃北全傳中之扉頁（上海大成書局）

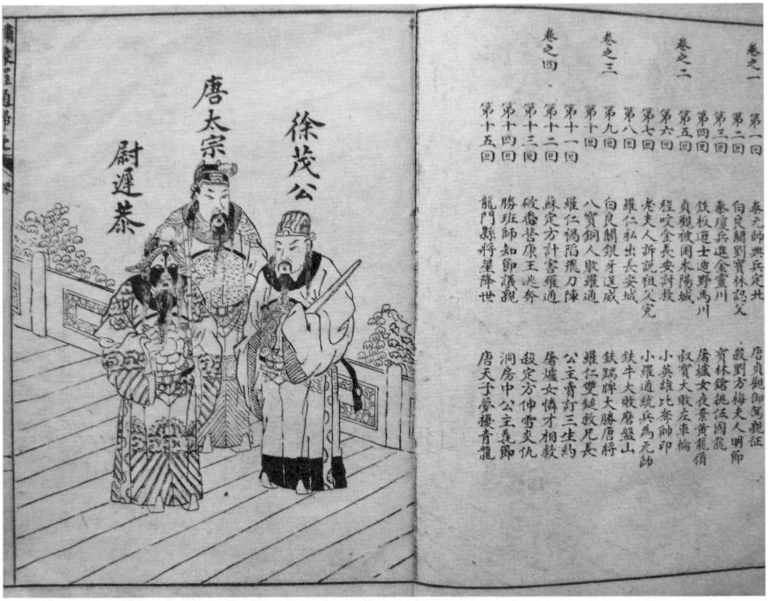

圖 6：繪圖說唐羅通掃北全傳中之目錄、插圖（上海大成書局）

圖 7：繪圖說唐羅通掃北全傳中之插圖（上海大成書局）

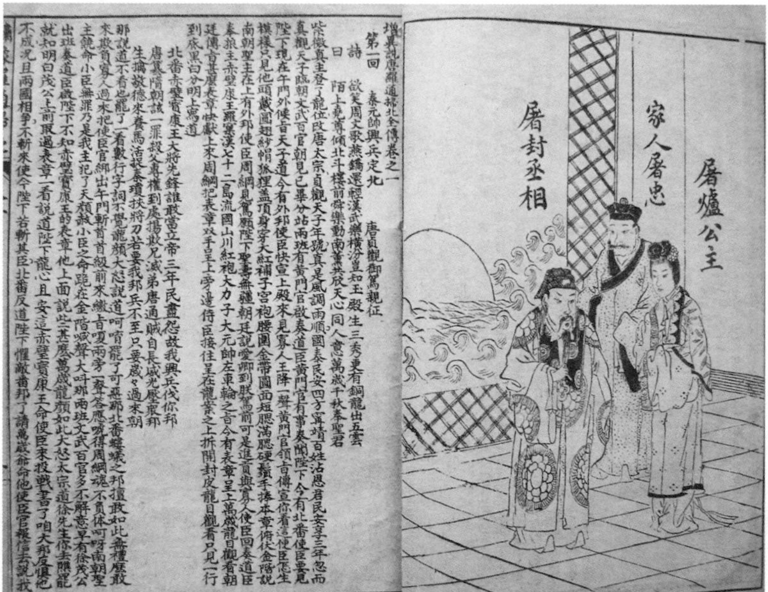

圖 8：繪圖說唐羅通掃北全傳中之插圖、正文（上海大成書局）

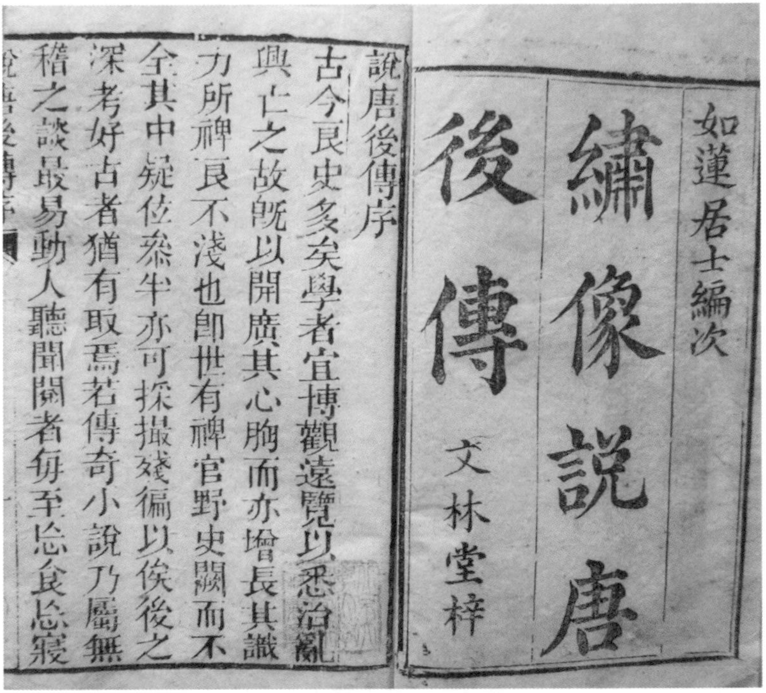
如蓮居士編次
繡像說唐
後傳
文林堂梓

說唐後傳序
古今良史多矣學者宜博觀遠覽以悉治亂
興亡之故既以開廣其心胸而亦增長其識
力所裨良不淺也即世有稗官野史闕而不
全其中疑信叅半亦可採撮殘編以俟後之
深考好古者猶有取焉若傳奇小說乃屬無
稽之談最易動人聽聞閱者每至忘食忘寢

圖 9：繡像說唐後傳中之扉頁、序（文林堂）

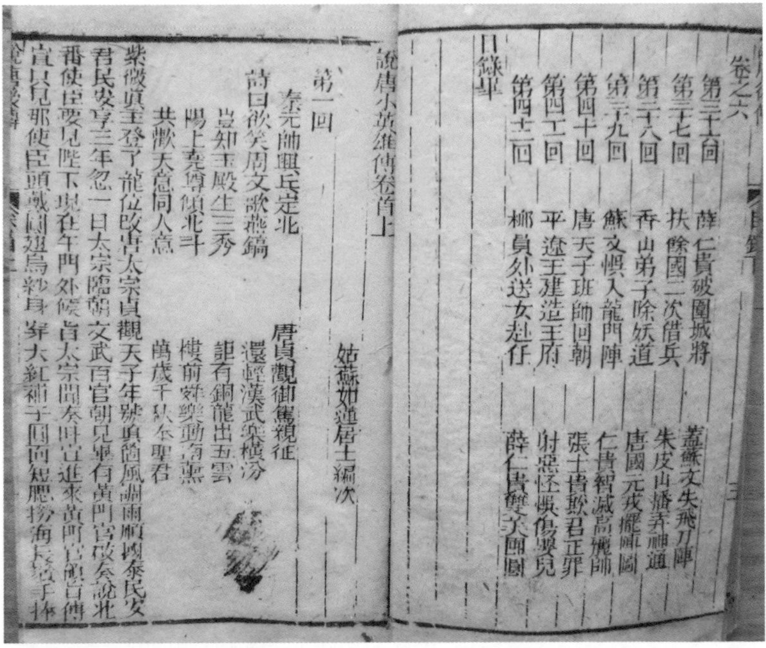
卷之六
第三十六回 薛仁貴破圍城將 蓋蘇文失飛刀陣
第三十七回 扶餘國二次借兵 朱皮山嬌弄神道
第三十八回 香山弟子除妖道 唐國元戎擺陣圖
第三十九回 蘇文憤入龍門陣 仁貴智滅烏獵師
第四十回 唐天子班師回朝 張士貴欺君正罪
第四十一回 平遼王建造王府 射怨怪誤傷嬰兒
第四十二回 柳員外送女赴任 薛仁貴雙美團圓
目錄畢

說唐小英雄傳卷首上
姑蘇如蓮居士編次
第一回
秦元帥興兵定北 唐貞觀御駕親征
詩曰欲笑周文歌燕鎬 還輕漢武樂橫汾
豈知玉殿生三秀 詎有銅龍出五雲
陽上堯尊傾北斗 樓前舜樂動南薰
共歡天意同人意 萬歲千秋奉聖君
紫微真主登了龍位改唐太宗貞觀天子年號自國風調雨順國泰民安
君民安享三年忽一日太宗臨朝文武百官朝見畢有黃門官啟奏說北
番使臣要見陛下現在午門外候旨太宗聞奏叫宣進來黃門官領旨傳
宣只見那使臣頭戴圓翅烏紗身穿大紅袍子圓領短靴扮海長鬚子抹

圖 10：繡像說唐後傳中之目錄、正文（文林堂）

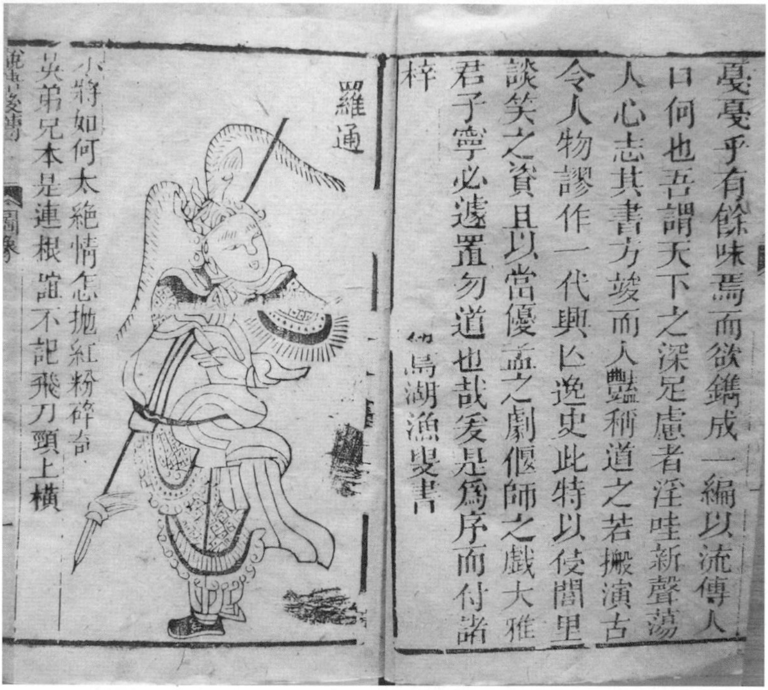

圖 11：繡像說唐後傳中之羅通（文林堂）

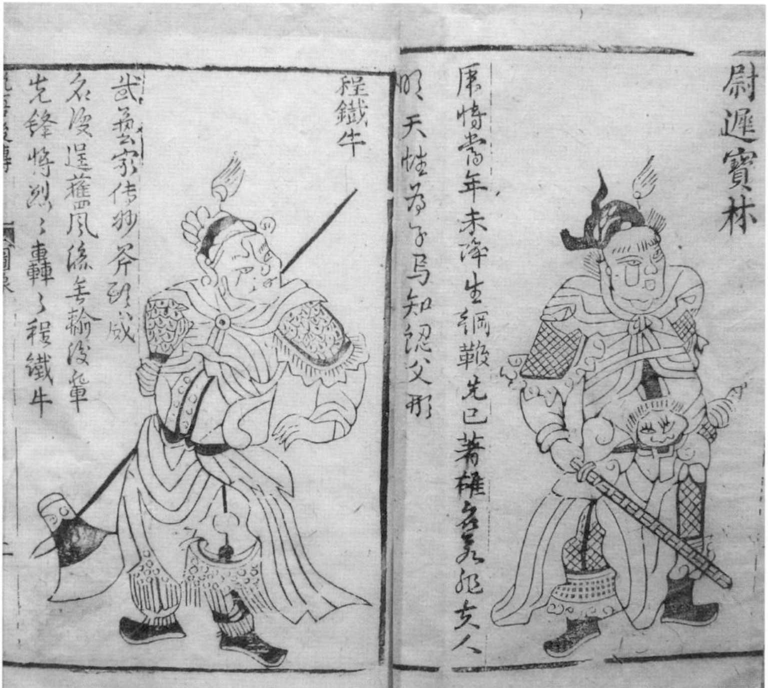

圖 12：繡像說唐後傳中之尉遲寶林、程鐵牛（文林堂）

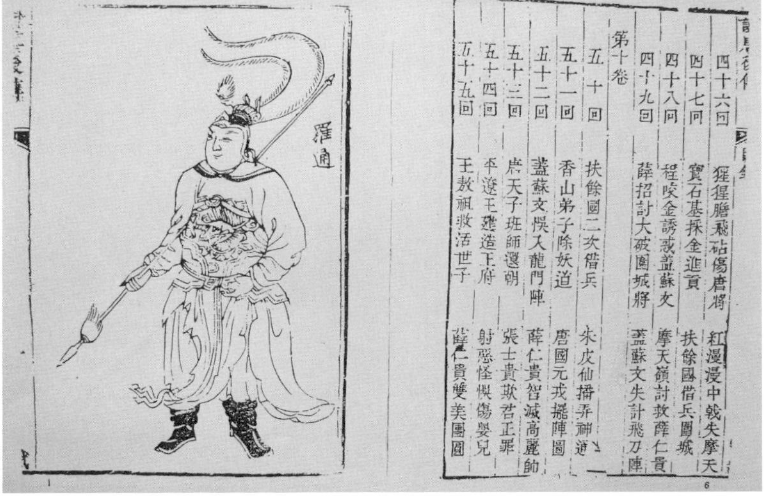

說唐後傳

四十六回 猩猩膽飛砧傷唐將 紅漫漫中戟失摩天
四十七回 寶石基採金進貢 扶餘國借兵圍城
四十八回 程咬金誘戮蓋蘇文 摩天嶺討救薛仁貴
四十九回 薛招討大破圍城將 蓋蘇文失計飛刀陣
第十卷
五十回 扶餘國二次借兵 朱皮仙播弄神通
五十一回 香山弟子除妖道 唐國元戎擺陣圖
五十二回 蓋蘇文悞入龍門陣 薛仁貴智滅高麗帥
五十三回 唐天子班師還朝 張士貴欺君正罪
五十四回 平遼王建造王府 射惡怪悞傷嬰兒
五十五回 王敖祖救活世子 薛仁貴雙美團圓

圖 13：繡像說唐後傳中之目錄、羅通（觀文書屋）

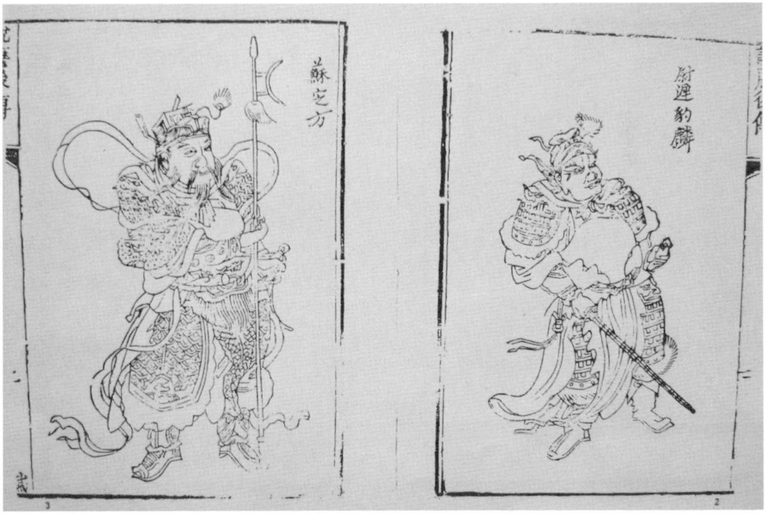

圖 14：繡像說唐後傳中之尉遲豹麟、蘇定方（觀文書屋）

圖 15：繡像說唐後傳中之屠爐公主、赤壁寶康王（觀文書屋）

圖 16：繡像說唐後傳中之左車輪、鐵雷銀牙（觀文書屋）

序

古今良史多矣！學者宜博觀遠覽，以悉治亂興亡之故，既以開廣其心胸，而亦增長其識力，所裨❶良不淺也。即世有稗官野乘❷，闕❸而不全，其中疑信參半，亦可採撮❹殘編，以俟❺後之深考，好古者猶有取焉。若傳奇小說，乃屬無稽之譚，最易動人聽聞，閱者每至忘食忘寢，戛戛❻乎有餘味焉。而欲鑴成一編，以流傳人口，何也？吾謂天下之深足慮者，淫哇❼新聲，蕩人心志，其書方竣，而人豔❽

---

❶ 裨：原作「稗」，據文意改。裨，音ㄅㄧˋ。增益；補助。

❷ 稗官野乘：泛稱記載軼聞瑣事的文字，別於正史。稗官，小官，採民間街談巷說、閭閻風俗以上達。稗，音ㄅㄞˋ。野乘，野史。乘，音ㄕㄥˋ。春秋時晉國史書稱「乘」，後用來泛指一般史書。

❸ 闕：音ㄑㄩㄝ。缺少；遺漏。

❹ 撮：音ㄘㄨㄛ。聚合；摘取。

❺ 俟：音ㄙˋ。等待。

❻ 戛戛：音ㄐㄧㄚˊ ㄐㄧㄚˊ。獨特的樣子。

❼ 淫哇：淫邪之聲，多指樂曲、詩歌。

❽ 豔：羨慕；豔羨。

稱道之。若搬演古今人物，謬為一代興亡逸史，此特以供閭里兒童譚笑之資，且以當優孟❾之劇、偃師❿之戲，大雅君子，寧必遽⓫置勿道也哉？爰⓬是為序，而付諸梓。

---

❾ 優孟：春秋時楚國藝人，名孟，擅長滑稽諷諫。楚相孫叔敖死，優孟著孫叔敖衣冠，摹仿其神態動作，楚莊王及左右不能辨，以為孫叔敖復生。事見史記滑稽列傳。

❿ 偃師：傳說為周穆王時巧匠，所製木偶，能歌善舞，恍如活人。後亦稱木偶藝人為偃師。

⓫ 遽：音ㄐㄩˋ。突然；猛然。

⓬ 爰：於是。

回目

第一回　秦元帥興兵定北　唐貞觀御駕親征

詩曰❶：

欲笑周文歌燕鎬❷，還輕漢武❸樂橫汾❹。

豈知玉殿生三秀❺，詎有銅龍出五雲❻。

❶詩曰：此詩為唐王維所作，文字略有改動。王維大同殿柱產玉芝龍池上有慶雲神光照殿百官共睹即事：「欲笑周文歌宴鎬，遙輕漢武樂橫汾。豈知玉殿生三秀，詎有銅池出五雲。陌上堯樽傾北斗，樓前舜樂動南薰。共歡天意同人意，萬歲千秋奉聖君。」

❷欲笑句：周文，周文王。燕鎬，指天下太平，君臣同樂。典出詩小雅魚藻：「王在在鎬，豈樂飲酒。」燕，宴飲。鎬，音ㄏㄠˋ。即鎬京。西周國都，在今陝西西安西南。

❸漢武：漢武帝。

❹橫汾：據漢武故事，漢武帝巡幸河東郡，在汾水樓船上與群臣宴飲，作秋風辭，中有「泛樓舡兮濟汾河，橫中流兮揚素波」句。

❺三秀：即靈芝草。靈芝一年開花三次，故稱三秀。秀，植物吐穗開花。

❻詎有句：詎，音ㄐㄩˋ。豈；怎。銅龍，此處似指飾有銅龍的門樓，借指帝王宮闕。五雲，五色瑞雲，多為吉祥之兆，亦指皇帝所在地。

陌上堯尊傾北斗，樓前舜樂動南薰。
共歡天意同人意，萬歲千秋奉聖君。

紫微❼真主登了龍位，改唐太宗貞觀天子年號，真個風調雨順，國泰民安，四方寧靜，百姓沾恩。君民安享三年，忽一日，貞觀天子臨朝，文武百官朝見已畢，分班站立。有黃門官❽啟奏道：「臣黃門官有事奏聞陛下。」「奏來。」「今有北番使臣官要見陛下，現在午門外候旨。」朝廷說：「既有外邦使臣，快宣上殿來見寡人。」黃門官領旨傳宣。你看這個使臣，怎生模樣？只見他頭戴圓翅烏紗，狐狸蓋頂，身穿大紅補子❾宮袍，腰圍金帶，圓面短腮，海❿下髫鬚，手捧本章，上殿俯伏金階，說：「南朝聖主在上，有外邦使臣周綱見駕，願陛下聖壽無疆。」朝廷說：「愛卿到朕駕前，可是進貢與寡人麼？」使臣回奏道：「臣奉狼主赤壁寶康王羅窠漢，七十二島流國三川紅袍大力子大元帥祖車輪之旨令到來，有表本獻與萬歲龍目親觀。」朝廷傳旨：「甚麼表章？獻上來！」周綱把表章雙手呈獻，旁邊侍臣接上龍案，揭開抽封，龍目一看，只見數行字在上面，寫著：

❼ 紫微：帝星，象天子之座。
❽ 黃門官：宮禁官員，供天子驅使。後世多由宦者充任。
❾ 補子：舊時官服上標誌品級的徽飾。
❿ 海：大口；大嘴巴。

北番赤壁寶康王，大將先鋒誰敢當？
立帝三年民盡怨，故我興兵伐爾邦。
唐篡隋朝該一罪，殺父專權到處揚。
欺兄滅弟唐童⓫賊，自長威光壓眾邦。
生擒敬德來養馬，活捉秦瓊挾將刀。
若要我邦兵不至，只消歲歲過來朝。

那太宗不看也罷了，一見數行言辭，不覺龍顏大怒，說：「阿唷唷，罷了，罷了！可惡那北番螻蟻之邦，擅敢如此無禮，前來欺負寡人！」吩咐把使臣官綁出午門梟首，前來繳旨。「嘎！」兩旁一聲答應，唬得周綱魂不附體，說：「阿呀，南朝聖主饒命！狼主冒犯天顏，與使臣官何罪？望赦螻蟻之命！」扒起金階，喊聲大叫。那兩班文武百官，多不解其意。早有徐茂公⓬出班，說：「臣啟陛下，不知這赤壁寶康王表章上說些甚麼，萬歲龍顏如此大怒？」太宗說：「徐先生，你拿去觀看，就知明白。」茂公上前，取過表章一看，說是：「陛下，這赤壁寶康王命使臣官來投戰書了，難道天邦反懼了他不成！況兩

⓫ 唐童：指唐朝的小毛孩。對李世民的蔑稱。元雜劇尉遲恭三鞭奪槊（關漢卿）、程咬金斧劈老君堂（鄭光祖）已有此稱。

⓬ 徐茂公：即正史中的唐初名臣徐世勣，字懋功，通俗小說戲曲多寫作「茂公」、「茂功」。唐高祖李淵賜姓李，故名李世勣；後又避唐太宗李世民諱，改單名為勣。

國相爭，不斷來使，今陛下若斬其臣，北番反道陛下懼敵番邦了！請萬歲命他使臣官報個信去，說我國隨後就來征服你們。」朝廷聽了茂公之言，把龍首顛顛⓭，說：「先生之言有理。也罷，把使臣官周綱割下兩耳，恕其一死。」傳旨未了，早有兩旁武將一聲答應，割去兩耳，弄做了一個冬瓜將軍，喊聲：「阿唷，謝南朝聖主不斬之恩！」太宗喝道：「你快快回去，對那個赤壁寶康王羅窠漢聽講，叫他脖子頸候長些！只在百日之內，天兵到來，取他首級，剿滅烏巢⓮，傳個信與他！」周綱說聲：「是，領南朝聖主旨意。」周綱退出午朝門外，把絹袱包滿了耳傷之所，當日上馬。見北番狼主之話，非一日之工夫，我且不表。

單說唐貞觀天子開言說道：「徐先生，北番康王如此無禮，寡人這裡不發兵去征剿他們，他倒反來討戰，寡人還是怎麼樣？」軍師徐茂公道：「陛下，從來只有中國去征服小邦，那裡小邦反打戰書到中國來？這叫做：來者不善，善者不來。臣昨夜仰觀天象，見北方殺氣騰空，必有一番血戰之事，不想今日果有使臣官打戰書到來！百日之內，就要提兵前去平復北番，方除後患。若是遲延，他兵一到，就難抵了。」太宗道：「依徐先生之言，如此遲延不得了。」便對叔寶道：「秦王兄，寡人命你：明日起要在教場之內，把團營總兵、大小三軍、武職們等，操演半個月，演好了，然後就此發兵。」叔寶道：「臣領陛下旨意，下教場操演便了。」那秦瓊出了午朝門，回到自己府中，就要發令與合府總兵官，明日大

⓭ 顛顛：即點點，點頭。

⓮ 烏巢：漢代地名，在今河南延津境內。漢獻帝建安五年，曹操親率五千精兵夜襲烏巢，焚毀袁紹軍糧。烏巢之戰，成為官渡之戰的轉折點，袁紹軍心動搖，旋即大潰。

小三軍，在教場中伺候操演。這話且慢表。

單講徐茂公說：「陛下，這北番那些兵將，一個個多是能人，利害不過的，必須要御駕親征才好。」太宗道：「徐先生要寡人親領兵前去麼？」軍師道：「正是要御駕親征，才平定得來。」太宗道：「也罷了。父王在位，寡人領兵慣的。今日北番作亂，原是寡人領兵。今降朕旨意與戶部尚書⑮，催趲⑯各路錢糧。」朝廷把龍袍一展，駕退回宮，珠簾高捲，群臣散班。一宵晚話不表。

單講次日清晨，秦叔寶在教場操演三軍，好不鬧熱。那朝廷在朝中，也是忙亂兜兜，降許多旨意，專等秦瓊演熟三軍，就要選黃道吉日興兵前去。

不覺過了半月，叔寶上金鑾覆旨，說：「陛下，三軍已操演得來精熟的了。」太宗就問軍師道：「徐先生，幾時起兵？」茂公道：「臣已選在明日起兵。」朝廷叫聲：「秦王兄，你回衙周備，明日就要發兵了。」叔寶領了旨意，退回衙署，自有一番忙碌。這些各位公爺，多是當心辦事。

到了明日五更三點，駕登龍位，只有文官在兩班了，這些武將多在教場內。有護國公秦叔寶戎裝上殿，當駕前掛了帥印。皇上御手親賜三杯御酒，與叔寶飲了。謝了恩，退出午門，跨上雕鞍，豁喇喇，往教場來了。早有眾公爺在那裡候接，多是戎裝披掛，跨劍懸鞭，也有鐵箔頭⑰、烏金鎧、獅子盔、黃金甲、獬豸⑱盔、紅銅鎧、銀箔頭、青銅甲。這班公爺，個個上前，說道：「元帥在上，末將們等在此

⑮ 戶部尚書：戶部為六部之一，掌管全國土地、戶籍、賦稅、財政收支等事務，長官為戶部尚書。

⑯ 趲：音ㄗㄢˇ。催促。

⑰ 箔頭：即幞頭。男子用的一種頭巾。箔，音ㄅㄛˊ。

候接元帥。」叔寶道：「諸位將軍，何勞遠迎！隨本帥進教場內來。」眾公爺齊聲應道：「是。」一同隨元帥進教場來。只見有團營總兵官、遊擊、千把總、參謀、百戶、都司、守備這一班武職們，也都是頂盔貫甲，跪接元帥。秦瓊吩咐站立兩旁。又見合教場大小三軍，齊齊跪下。送帥爺登了帳，點明隊伍，一共二十萬大隊人馬。點咬金帶一萬人馬，為頭站先鋒：「須要逢山開路，遇水成橋。此去北番人馬甚是驍勇，一到邊關，停住紮營，待本帥大兵到了，然後開鋒打仗。若然私自開兵，本帥一到，就要取你首級！」先鋒一聲答應：「是，得令！」那魯國公程咬金，好不威風！頭戴烏金開口獬豸盔，身穿烏油黑鐵甲，內襯皂羅袍，左懸弓，右插箭，手提開山大斧，鬚髯多是花白的了。若講到掃北這一班公爺們，多有五六旬之外，盡是髩⑲髮蒼蒼，年老的了。這叫做：

年老長擒年少將，英雄那怕少年郎！

只看程咬金，有六旬外年紀，上馬還與天神相似，這般利害得狠！他領了精壯人馬一萬，前去逢山開路，遇水成橋，竟望河北幽州大路而行。我且慢表。

回言要講到朝廷龍駕，命左丞相魏徵料理國家大事，托殿下李治權掌朝綱。貞觀天子同軍師徐茂公，出了午朝門，跨上日月驌驦⑳馬，一竟到教軍場來。有秦瓊接到御營，遂命宰殺牛羊，祭奠旗纛㉑神祇㉒。

---

⑱ 獬豸：音ㄒㄧㄝˋ ㄓˋ。傳說中的異獸，頭一角，能辨曲直。

⑲ 髩：音ㄅㄧㄣˋ。同「鬢」。

皇上御奠三杯。有元帥秦叔寶祭旗已畢，吩咐發炮起營。那一時，哄嚨嚨三聲炮起，拔寨起兵。前面有二十萬人馬，擺開陣伍，秦元帥戎裝打扮，保住了天子龍駕。底下有二十九家總兵官，多是弓上弦，刀出鞘。有文官送天子起程。回衙不表。

單講那些人馬離了長安，正往河北進發，好不威靈震赫。這些地方百姓人家，多是家家下闥㉓，戶戶關門。正是：

太宗登位有三年，風調雨順國平安。
康王麾下車元帥，表中差使進中原。
辱罵貞觀天子帝，今日興兵御駕前。
旗旛㉔五色驚神鬼，劍戟㉕毫光映日天。
金盔銀鎧多威武，寶馬龍駒錦繡鞍。
南來將士如神助，馬到成功定北番。

---

⑳ 驌驦：音ㄙㄨˋ ㄕㄨㄤ。良馬名。
㉑ 纛：音ㄉㄠˋ。軍隊裡的大旗。
㉒ 神祇：天神和地神，泛指神明。祇，音ㄑㄧˊ。地神。
㉓ 下闥：關門。闥，音ㄊㄚˋ。門；小門。
㉔ 旛：音ㄈㄢ。同「幡」。長幅下垂的旗子。
㉕ 戟：音ㄐㄧˇ。合戈、矛為一體的長柄兵器，既能直刺，又能橫擊。

這個唐太宗人馬，旌旗招颭，正望北路進發。後有解糧駙馬小將軍，名喚薛萬徹，其人慣使雙錘，驍勇無敵，所以護送糧草來往。貞觀天子起了二十萬足數精壯人馬，前去定北平番，我且不表。

單說那北方外邦，第一關叫做白良關，卻對中原雁門關。白良關遠雁門關有二百里，多是荒山野地之處。雁門關外一百里，是中原地方；白良關外一百里，是北番地方，在此處各分疆界。若是大唐人馬到來，必須要穿過雁門關而至白良關的。前日使臣官周綱，被太宗皇帝割去兩耳，早已回番，見過狼主。故此北番狼主傳令各關守將，日夜當心防備，又差探子遠遠在那裡打聽。那北番第一關上，有位鎮守總兵老爺，你道甚麼人？他乃姓劉，名方，字國貞。其人身長一丈，平頂圓頭，猶如巴斗㉖，膊闊三庭㉗，腰大十圍，生一張黑威威臉面，短腮闊口，兜風一雙大耳，兩眼銅鈴，硃砂濃眉，兩臂有千斤之力。他若出陣，善用一條丈八蛇矛，其人利害不過。若講到北番之將，多是：

上山打虎敲牙齒，下水擒龍剝項鱗。

說不盡：

㉖ 巴斗：即笆斗。用竹子或柳條編的圓底器物。

㉗ 三庭：臉的長度。過去相書將人臉分為三等分，從髮際線至眉間、眉間至鼻端、鼻端至下巴，上中下各占三分之一，謂之三庭。

關關有好漢，寨寨有能人。

此一番定北不打緊，只怕要征戰得一個：

頭落猶如瓜生地，血湧還同水泛江。

當下劉國貞正在私衙，與偏正牙將㉘們講究兵法，忽有小番兒報進來了，說道：「啟上平章㉙爺，不好了！小番打聽得南朝聖主太宗唐皇帝，御駕親領二十萬大隊人馬，有護國公大元帥秦瓊，帶了數十員戰將，手下有合營總兵官，前來攻打白良關了。」劉國貞聞言，不覺駭然，說：「唐朝天子親領人馬來了，可打聽得明白？」「小番在雁門關探聽得明明白白的，故來通報。」國貞道：「既是明白的，可曉得人馬離此有多少路了？」「小番探得他此時頭站先鋒，差不多出雁門關了。」那國貞哈哈大笑道：「好，好，好，送死的來了！」這一班眾將連忙問道：「大老爺，為何聞說南朝起兵前來，反是這等大笑？」國貞說：「諸位將軍，你們有所不知！俺們狼主千歲，欲取中原花花世界，錦繡江山，所以前日命周綱打戰書與太宗唐王。若是唐童不起兵來，倒也奈何他不得。如今那唐王，御駕親領人馬前來，也算我狼主洪福齊天，大唐的萬里山河，穩穩是我狼主的了，豈不快活！」眾將道：「大老爺，何以見得穩取中

㉘ 牙將：中下級軍官。

㉙ 平章：此指地方高級長官。

原，如此容易？」國貞道：「列位將軍，豈不曉那唐童全靠秦叔寶、尉遲恭利害。他只道北番沒有能人，所以御駕親自領兵前來征剿我們。他還不曉得北番狼主駕前，關關多是英雄豪傑，何懼叔寶、敬德乎！待唐兵到來，必然攻打白良關。待本鎮去活捉唐朝臣子，以獻狼主，豈非本鎮之功！」諸將大喜，叫聲：「平章爺，須要小心，小將們別過了。」不表這班花知魯達㉚們回衙，單講劉國貞吩咐把都兒㉛：「關上多加些灰瓶㉜石子，蹋弓㉝弩箭，若唐兵一到，速來報本鎮知道！」把都兒一聲答應，自去緊守關頭，我且不表。

單講那先鋒程咬金，領了一萬人馬，從河北一帶地方出了雁門關，又是兩日路程，有軍士報說：「啟上先鋒爺，前面是白良關北番地方了。」咬金道：「既到番地，吩咐安營，扣關下寨，放炮定營。」眾將一聲「得令」，頃刻把營盤紮住。咬金吩咐小軍：「打聽大兵一到，速來報我！」軍士答應自去。

如今要說到貞觀天子，統領大隊人馬，過了雁門關，一路下來。早有程咬金遠遠相接，說：「元帥，小將在此候接帥爺、龍駕。前面已是白良關了。不敢抗違帥令，等候三天，一同開兵。」元帥說：「本

㉚ 花知魯達：疑為「達魯花赤」之訛。達魯花赤，蒙古語意為「掌印者」，為長官或首長的通稱。元朝各級地方政府，均設有達魯花赤一職，掌握地方行政、軍事實權，是地方各級的最高長官，一般由蒙古人或色目人擔任。

㉛ 把都兒：亦作「把都」。蒙古語勇士、武士的音譯。

㉜ 灰瓶：古代戰具，一種裝有石灰的瓶子，用以臨陣擊敵，使敵不能張目。

㉝ 蹋弓：疑應寫作「踏弓」，強弩的一種，需用腳踏才能張開。古代之弩，按張弦方式，大致可以分為臂張弩、踏張弩、腰張弩等。此書第七回磨盤山草寇俞遊德，便是慣用「腳踏弩」。

帥自令北番早定，馬到成功。」吩咐大小三軍紮下營盤。走進御營，天子說：「秦王兄，行兵在路辛苦，明日開兵罷。」秦瓊說：「此來定北，非一日一月之功，要看日時，開兵吉利的成日。」天子道：「秦王兄之言甚善。」

按下唐營君臣之事，再講關內小番報進：「啟上平章爺，唐兵已到關下了。」劉國貞說：「方才關外放炮之聲，想必唐兵到來紮營。若有唐將討戰，前來報我！」小番得令，自往關上觀望，不表。

再說唐營元帥說：「諸位將軍，今當出兵吉日，那一個出去討戰？」道言未了，早有程咬金閃出，說：「元帥，小將願往。」元帥說：「你是沒用的，北番番將不是當耍的，甚是利害。第一場開兵，須要取他之勝，才曉得我們大唐將軍的利害。若是你出馬，殺敗了，反為不美。」程咬金最膽小的，一聞元帥之言，只得退立旁邊去了。只見部中又閃出一將，道：「元帥，待小將出去討戰罷！」元帥一看，原來是尉遲恭，便說：「將軍出陣，須要小心。」

尉遲恭一聲「得令」，上馬提鎗，掛劍懸鞭，頂盔貫甲，一聲炮響，大開營門，鼓聲嘯動，豁喇喇，一馬沖出，直奔白良關下。那小番兒看見：「好一個惡相的唐將！待我放箭。」「呔！下面的蠻子，少催坐騎，看箭！」說是遲，射是快，阿唷唷，只見亂紛紛，箭如雨下一般射下來。尉遲恭不慌不忙，把長鎗亂使，如雪花飛舞相似，把亂箭盡行撇開。上面小番看呆了，箭也不射下來了。那尉遲大叫一聲，說道：「嘚！關上的，快報你主將得知：今天兵到了，太宗皇帝御駕親征，叫他早早出關受死！」

不表尉遲恭關下大叫，單講小番飛報進衙，說：「啟上平章爺，有南朝蠻子在關外討戰。」劉國貞聽報，立起身來：「待我去擒南蠻！」吩咐備馬抬鎗，脫下袍服，頂好盔，穿好甲，端住鎗，跨上馬，出了總府衙門，來到關上，望下一瞧，說：「阿唷，好一個蠻子！」但見他頭戴鬧龍鐵箔頭，面如鍋底，濃眉豹眼，海下鬍髯，身穿鎖子烏金鎧，左懸弓，右懸箭，坐在馬上，好不威風！國貞就命把都兒發炮開關。

只聽一聲炮響，關門大開，放下吊橋。劉國貞出得關門，後擁三百攢箭手㉞，射住陣腳。尉遲恭抬頭一看，只見一個番將，望吊橋沖來，好不可怕！但見他頭上戴頂雙分鳳翅金盔，頂大紅纓，面如紙錢灰，獅子口，大鼻子，硃砂眉，一雙怪眼，短短一捧連鬢鬍鬚。身上穿一領猩猩血㉟染大紅袍，外罩龍鱗紅銅鎧。左懸弓，右插箭，手執一條射苗鎗，坐下一匹點子昏紅馬，直奔上前，把鎗一起。尉遲恭也舉烏纓鎗架住，說道：「嘚！那守關將留下名來！」國貞道：「你要問本鎮之名麼？乃赤壁寶康王狼主御駕前，紅袍大力子大元帥祖麾下，加為鎮守白良關總兵大將軍劉國貞。你可曉得本鎮鎗法利害之處麼！」敬德說：「不曉得你這無名之輩！今天兵已到，你們一國的螻蟻，多要殺個乾乾淨淨！何在你這個把番奴，霸住白良關，阻我們天兵去路？」

正是讓我者生，若還擋我者死！

要知兩員勇將交戰如何，且聽下回分解。

㉞ 攢箭手：集中射擊的弓箭手。攢，音ㄘㄨㄢˊ。聚；湊集。

㉟ 猩猩血：借指鮮紅色。

第二回　白良關寶林認父　殺劉方夫人明節

詩曰：

威風獨占尉遲恭，定北先誇第一功。
誰料寶林能勝父，當鋒一戰定英雄。

再說尉遲恭大叫：「番奴快快獻關，方免一死！若有半聲不肯，那時死在鎗尖之下，只怕悔之晚矣。」國貞聽言大怒，喝道：「你這狗蠻子，有多大本事？如此無禮，擅自誇能！魔這鎗，不挑無名之將，你也通下名來，魔家好挑你這狗蠻子！」尉遲恭大怒，喝聲：「番奴！你要問俺家之名麼？洗耳恭聽：某乃唐太宗天子駕前、護國大元帥秦麾下，加為保駕大將軍、號國公，複姓尉遲，名恭，字敬德！難道你不聞某家之名麼！」劉國貞呼呼冷笑道：「原來你就是尉遲蠻子！中原有你之名，魔只道是三頭六臂的，原來也止不過如此！可曉得魔的鎗法麼？唐童尚要活擒，何況你這蠻子！」尉遲恭亦呵呵冷笑道：「休得多言，照某家的鎗罷！」把鎗一擺，月內穿梭，直望劉方面門挑進來了。國貞說聲：「不好！」把鎗一架，卻把膊子震了兩震，在馬上兩三旺❶：「阿唷！果然名不虛傳，好利害的尉遲蠻子！」尉遲恭大笑道：「你才曉得某尉遲將軍的利害驍勇麼？照鎗罷！」又是一鎗，劈前心挑進來了，「嗒啷」一聲響，逼在旁首。馬交肩過去，閃背回來。二人大戰，好一似：

北海雙蛟爭戲水，南山二虎鬥深林。

戰到十餘合，國貞只好招架。他勉強又戰了幾合，看看敵不住尉遲恭了。那敬德看見劉方面上失色，心中大喜，扯起了竹節鋼鞭，量在手中，才得交肩過來，喝聲：「照打罷！」一鞭打在國貞背心。劉方大喊一聲，口吐鮮血，伏在馬上，大敗而走。尉遲恭說：「你要往那裡走？我來取你之命也！」催開坐騎，豁喇喇追上來。國貞敗過吊橋，小番兒把吊橋扯起，放起亂箭射來。尉遲恭只得扣住了馬，喝聲：「關上的，快叫他早早獻關就罷了，如若閉關不出，定當打破！我老爺且是回營。」帶轉馬回營來了。軍士上前，攏住了馬，抬過了鎗，就進中營，說：「元帥，末將打敗了守將劉國貞，前來繳令。」秦元帥大喜，說：「好一位尉遲將軍！第一陣交戰，勝了北番，白良關一定破得成了。明日再到關前討戰。」不表。

再說劉國貞敗進關內，到衙門下了馬，有小番扶進書房坐定，說：「阿唷唷，打壞了！」把盔甲卸下，靠在桌子上。裡面走出一個小廝來，面如鍋底，黑臉濃眉，豹眼闊口，大耳鋼牙，海下無鬚，年紀只好十六七歲，身長九尺餘長，足穿皮靴，打從劉國貞背後走過，叫聲：「爹爹！」那劉方抬起頭來，

❶ 晅：即晃。

說：「我兒，你來到為父面前做甚麼？」

原來，這個就是劉國貞的兒子劉寶林。他便回說：「爹爹，聞得大唐人馬來攻打白良關，爹爹今日開兵，勝敗若何？」國貞見問，說道：「噯，我兒，不要說起！中原尉遲蠻子驍勇，為父的與他戰不數合，被他打了一鞭，吐血而回，心裡好不疼痛！」寶林大驚，說道：「爹爹被南朝蠻子傷了一鞭？待孩兒出馬，前去與爹爹報一鞭之仇！」劉方說：「我的兒，怎麼說？動也動不得！那個尉遲老蠻子傷了一鞭，利害非凡。為父的尚難取勝，何在於你！」寶林說：「爹爹，不妨！從來說將門之子，未及十歲，就要與皇家出力。況且孩兒年紀算不得小，正在壯年，不去與父報恨，誰人肯與爹爹出力？」國貞說：「我兒，雖然如此，只是你年輕力小，骨膚還嫩，鎗法未精。那尉遲狗蠻子，年紀雖老，鎗法精通，只怕你不是他的對手。」寶林道：「不瞞爹爹說，孩兒日日在後花園中操演，鎗法鞭法，件件皆精，那怕尉遲蠻子？一定還他一鞭之報！今日就要出馬。」說罷，就去頂盔貫甲，把一條鐵鋼鞭，騎一匹烏騅馬，手執烏金鎗，說：「爹爹，孩兒前去開兵。」劉方道：「我兒慢走，須要小心，待為父的到關上與你掠陣。帶馬來！」國貞跨上馬，軍士一仝來到關上，說：「我兒，不可莽撞，為父的鳴金就退。」寶林應聲道：「是，爹爹不妨。」放炮開關，一聲炮響，大開關門，一馬沖到唐營，喝聲：「快報與尉遲蠻子知道，今有小將軍在此，要報方才一鞭之恨，叫他早早出來會我！」

這一聲大叫，有軍士報與元帥得知，說：「啟上元帥，營門外有北番小番兒，坐名❷要尉遲千歲出去，要報方才一鞭之恨，開言辱罵，請元帥爺定奪！」元帥說：「諸位將軍，方才尉遲將軍打敗番將，

❷ 坐名：指名。

如今又有小番兒討戰，誰可出去會他？」閃出程咬金道：「元帥，如今第二陣，不妨事的了，待小將去會他一會。」元帥尚未出令，旁邊又閃出尉遲恭來，叫聲：「元帥，既是這小番兒坐名要某家去會戰，原待某家出去會他。」元帥說：「將軍出去，須要小心。」尉遲說：「不妨。」軍士們帶馬抬鎗。程咬金說：「老黑，你把我頭功奪去，第二陣應該讓我立功，你又來奪去，少不得與你算帳的！」尉遲恭叫聲：「老千歲，聽得小番兒坐名要某家，故而出去會他。倘勝了，第二功算你的，如何？」程咬金說：「老黑，你拿穩的麼？只怕如今必敗，休要逞能！待程老子與你掠陣，看你又勝得他麼？」

尉遲恭跨上了馬，手提了鎗，放炮一聲，沖出營門。程咬金來到營門外，抬頭一看，說：「阿唷，好一個小番兒！」只見他鐵盔鐵甲，鍋底臉，懸鞭提鎗，單少鬍鬚，不然是小尉遲無二的了。便叫聲：「老黑，這個小番兒，倒像你的兒子！」尉遲恭道：「嘁！老千歲，休得亂講，與某家嘯鼓！」

那番戰鼓發動了，拍馬豁喇喇喇，沖到劉寶林面前，把鎗一起。那邊烏金鎗「嗒啷」一聲響，架定了，叫聲：「來的就是尉遲蠻子麼？」應道：「然也！你這小番兒，既知我老將軍大名，何苦出關送死！」劉寶林聽說：「阿呀！我想你這狗蠻子，怎麼把我爹爹打了一鞭！所以我小將軍出關，要報一鞭之恨。不把你一鎗挑個前心後透，誓不為人！」尉遲恭呵呵冷笑，說：「方才劉國貞被我打得抱鞍吐血，幾乎喪命，何況你這小小番兒？想是你活不耐煩了！」寶林說：「狗蠻子，不必多言，看傢伙！」劈面一鎗過來。尉遲恭「嗒啷」一聲，架住了鎗，說：「你留個名兒，好挑你下馬。」寶林說：「你要問我名字麼？方才打壞老將軍，是俺小將軍的父親，我叫劉寶林！可知道小爺爺的本事利害？你可下馬受死，免我動手！」尉遲恭大怒，拍馬沖來，劈面一鎗。寶林不慌不忙，把烏金鎗「嗒啷」一聲架過了。一連幾鎗，多被寶林架在旁邊。這一場大戰，鎗架叮噹響，馬過蹋蹋聲。老小二英雄，戰到五十回合，馬交過三十個照面，直殺個平交，還不肯住。

又戰了幾回合，只見日色西沉，寶林大叫一聲：「阿唷，果然好利害的老蠻子！」尉遲道：「嘸！小番兒，你有本事再放出來。」寶林也說：「嘸！那個怯你！有本事大家放下鎗，鞭對鞭分個高下。」尉遲恭冷笑道：「你這小番兒，也會使鞭？難道某家懼了你麼！」放下鎗，寶林也放下鎗，兩邊軍士各自接過了鎗。二人腰邊取出鐵鋼鞭，拿在手中。兩條是一樣的。叫一聲：「那個走的不足為奇，照小爺的鞭罷！」打將下來。尉遲急架相迎：

這一鞭名曰「摩雲蓋頂」實堪誇，那一鞭叫做「黑虎偷丹」真難擋。

兩下鞭來鞭架，鞭去鞭迎，好殺哩！只見：

殺氣騰騰，不分南北。
陣雲❸靄靄，莫辨東西。
狂風四起，天地生愁。

---

❸ 陣雲：濃重厚積形似戰陣之雲。古人以為戰爭之兆。南朝梁何遜學古詩之一：「陣雲橫塞起，赤日下城圓。」唐高適燕歌行：「殺氣三時作陣雲，寒聲一夜傳刁斗。」

飛沙遍野，日月埋光。

二人又戰了三十個回合，直殺到黃昏時候，不分勝敗。關頭上劉國貞看見天色已晚，不見輸贏，就吩咐鳴金。寶林把鎗架住，說：「老蠻子，本待要取你首級，奈何父親鳴金，造化了你多活了一夜，明日取你性命罷！」尉遲恭也叫聲：「小番兒，你老子道你今夜死了，故爾鳴金。也罷，明日取你命罷！」兩騎馬，一個進關，一個進營。

尉遲恭來見元帥，說：「方才出戰的小番兒，果然利害，與我只殺得平交，難以取勝。」叔寶說：「方才本帥聞報，尉遲將軍與小番兒戰個敵手，不道北番原有這樣能人！」敬德說：「少不得某家明日要取他首級。」

不表唐營之事，再講那劉寶林進關，說：「爹爹，尉遲蠻子果然利害，不能取勝。明日孩兒出馬，定要傷他之命。」劉方說：「兒，今日開兵辛苦了，為父的雖做總兵，倒沒有你這樣本事，與老蠻子戰到百十餘合，虧你好長力！」寶林說：「爹爹，英雄所以出於少年之名！如今爹爹年邁了，自然戰不過這狗蠻子了。」父子一路講論，到衙門下了馬，卸下盔甲，來到書房。國貞說：「我兒，你開兵辛苦，母親內房去罷，明日再與那狗蠻子相殺。」寶林應道：「是。」

來到內房，只見那些番女說：「夫人，且免愁煩，公子進來了！」寶林走近前來，只見老夫人坐在榻上，眼眶哭得通紅，在那裡下淚。便叫聲：「母親，孩兒日日在房中見你憂愁不快，今日又在下淚，不知有甚事情？孩兒今日，到要問個明白！」夫人說：「阿呀，我那兒阿！做娘的要問你，今日出兵，與唐將那一個交戰？快快說與做娘的知道。」寶林說：「母親，孩兒出陣，那中原有一個尉遲老蠻子，十分驍勇，爹爹出戰，被他打得抱鞍吐血而回。所以孩兒不忍，出馬前去，要與一一報仇。誰想尉遲蠻子，孩兒與他戰到百十餘合，只殺得個平手，不得取勝。少不得明日孩兒要取他的命！」梅氏夫人聽說，大驚道：「我兒，那中原尉遲蠻子，可通名與你？叫什麼名字？」寶林說：「阿，母親，他叫尉遲恭。」那夫人聽了尉遲恭名字，不覺眼中珠淚，索落落滾個不住。寶林一見，好似「黑漆皮燈籠❹，冬瓜撞木鐘❺」，連忙急問，說是：「母親為著何事？可與孩兒說明。總有千難萬難之事，有孩兒在此去做。」

夫人帶淚道：「阿呀，兒阿！你雖有此言，只怕未必做得來！做娘的為了你，有二十年冤屈之事，誰人知道！到今朝，孩兒長大成人，不思當場認父，報母之仇，反與仇人出力！」寶林連忙跪下，叫聲：「母親說話不明，猶如昏鏡，此冤屈從何說起？孩兒心內不明，乞母親快快說與孩兒知道。」夫人道：「兒阿，做娘的今日與你說明，報仇不報仇，由你！我做娘的如今就死黃泉，也是瞑目的。」寶林說：「母親，到底怎麼樣？」梅氏夫人說：「我的兒，今日交兵的尉遲恭，你道是何人？」「孩兒不知道。」夫人看見丫環們在此，說道：「你外邊去，看老爺進來，報我知道。」丫環應聲走出。

夫人見無人在此，叫聲：「我兒，那書房中劉國貞這奸賊，你道是誰人？」寶林說：「是我爹爹。」母親，中原尉遲恭，有甚瓜葛？」夫人喝道：「唗！我想你這不孝子的畜生，怎麼生身之父也不認的！」

---

❹ 黑漆皮燈籠：指懵懂無知、糊里糊塗。明陶宗儀輟耕錄：「元至正中，遣官赴諸道，問民疾苦，使者多納賄，百姓歌曰：官吏黑漆皮燈籠，奉使來時添一重。」

❺ 冬瓜撞木鐘：歇後語，響（想）也不響（想）。

寶林道：「阿呀，母親此言差矣！我爹爹現在書房，何見得不認生身之父？」夫人說：「我兒，今日對敵的尉遲恭，是你父親！劉國貞這天殺的奸賊，與做娘是冤仇，你還不知麼？」寶林大驚道：「母親，孩兒不信如此！乞母親細細說明此事。」夫人說：「你不信？這也怪你不得。方才這鞭，你快拿過來，就知明白。」寶林拿過鞭來，叫聲：「母親，鞭在此。」

夫人叫聲：「我兒，這一條鞭，名曰雄鞭。你可見那嫡父手中，乃是一條雌鞭？還有四個字嵌在柄上，你也不當心去看他一看，自己名字可姓劉麼？」寶林把鞭輪轉一看，果然有四個字在上面，刻著「尉遲寶林」四個細字：「阿呀，母親！看這鞭上姓名，實不姓劉，反與中原尉遲恭同姓。母親又是這等講，不知其中委曲之事，到底是怎麼樣的？一一說與孩兒明白。」

夫人說：「我兒，今日做娘的對你說明白，看你良心。說起來，真正可惱可恨！做娘的當日同你嫡父在朔州麻衣縣中，做了四五年的夫妻，打鐵為活。從那一年隋屬大唐，那唐王招兵，你父往太原投軍。做娘再四阻擋，你父不聽。我身懷六甲，有你在腹，要你父親留個憑信，日後好父子相認。你父親說：『我有雌雄鞭兩條。有「敬德」兩字在上，自為兵器，隨身所帶，乃是雌鞭；這雄鞭上，有「寶林」二字在上。你若生女，不必提起；倘得生男，就取名尉遲寶林。日後長大成人，叫他拿此鞭來認父。』不想你父親一去，投軍數載，杳無音信回來，卻被這奸賊劉國貞擄搶做娘的到番邦，欲行威逼。那時為娘要尋死路，因你尚在母懷，故猶恐絕了尉遲家後代，所以做娘的只得毀容立阻，含忿到今。專等你父前來定北平番，好得你父子團圓。所以為娘的含冤負屈，撫養你長大成人，好明母之節，以接尉遲宗嗣，做娘就死也安心的了。」

寶林聽罷，不覺大叫一聲：「母親，如此說起來，今日與孩兒大戰之人，乃我嫡父親也！阿唷，尉遲寶林阿，你好不孝，當場父親不認，反與仇人出力！罷，罷，罷，待孩兒先往書房，斬了劉國貞這賊，明日再去認父便了。」就在壁上抽下一口寶劍，提在手中，正欲出房，夫人連忙阻住，說道：「我兒不可造次，動不得的。」寶林說：「母親，為什麼？」夫人說：「我兒，那劉國貞在書房中，心腹伴當❻甚多，你若仗劍前去，似畫虎不成反類其犬！被他拿住，我與你母子的性命反難保了。如今做娘的有一個計較在此，你卻做不知，明日出關交戰，與你父親當場說明，會合營中諸將，你詐敗進關，砍斷吊橋索子，引進唐兵諸將，殺到衙內，共擒賊子，碎屍萬段。一來全孝，與母報仇；二來做娘受你父之托，不負你父子團圓；三來掃北第一關，是你父子得了頭功，豈不為美？」寶林聽了，叫聲：「母親此言雖是，但我孩兒那裡忍耐得這一夜？」母子說話多端，也不能睡。

再講那劉國貞在私衙與偏將等議論退敵南朝人馬，就調養書房。直到天明，尉遲寶林叫聲：「母親，孩兒就此出去，勾引父親進關，同殺奸賊。」夫人說：「我兒須要小心。」寶林應道：「曉得。」連忙頂盔貫甲，懸鞭出房。來到書房，國貞看見，叫聲：「我兒，你昨日與大唐蠻子大戰辛苦，養息一天，明日開兵罷。」那寶林不見那劉方開口，到也走過了；因見他問了一聲，不覺火冒，大惱，恨不得把他一刀劈為兩段，只得且耐定性子，隨口應聲：「不妨得。」出了書房，吩咐帶馬抬鎗，小番答應齊備，寶林上馬，竟是去了。國貞看寶林自去，因自己打傷要調養，吩咐小番把都兒：「當心掠陣！倘小將軍有些力怯，你就鳴金收軍。」把都兒一應「得令」。

❻ 伴當：隨從僕役。

再表尉遲寶林來到關前，吩咐把都兒放炮開關。只聽一聲炮響，大開關門，放下吊橋，一陣當先，沖出營前，大叫：「快報與尉遲老蠻子，叫他早早兒出來會俺。」軍士報進唐營：「啟上元帥爺，營外有小番將，口出大言，原要尉遲老千歲出去會他。」尉遲恭在旁聽得，走上前來，叫聲：「元帥，某家昨日對他說過，今日大家決一個高下。」叔寶說：「務必小心！」尉遲恭得令而行。有分教：

北番頃刻歸唐主，父子團圓又得功。

要知尉遲恭出戰如何，且看下回分解。

第三回　秦瓊兵進金靈川　寶林鎗挑伍國龍

詩曰：

老少英雄武藝高，旗開馬到見功勞。
太宗唐祚❶興隆日，父子勳名麟閣❷標。

再講尉遲恭出來，跨上雕鞍，提鎗懸鞭，沖出營門。兩邊戰鼓震動，大喝道：「嘁！小番兒，你還不服某老將軍手段麼？管叫你命在旦夕！」寶林心中一想，把烏金鎗一起，喝聲：「老蠻子，不必多言，照鎗罷！」兜回就刺，尉遲恭急架相迎。兩人戰到六七回合，寶林把金鎗虛晃一晃，叫聲：「老蠻子，果然鎗法利害，小爺讓你。」撥馬往落荒而走。尉遲恭心中大喜，大叫道：「你往那裡走？老爺來取你命了！」把馬一催，豁喇喇追上來了。寶林假敗下來，往山凹內一走，回頭不見了白良關，把馬「呼」

❶ 祚：音ㄗㄨㄛˋ。福運；帝位。

❷ 麟閣：即麒麟閣。本為漢代閣名，在未央宮中。漢宣帝時，曾圖霍光等十一功臣像於閣上，表其功績。後多以畫像於「麒麟閣」，表示功勳卓著。亦省稱「麒麟」、「麟閣」。

一帶，轉來。

尉遲恭到了面前，喝聲：「還不下馬受死！」「插」的一鎗，直到面門。寶林把烏金鎗「嗒啷」一聲響迎住，叫聲：「爹爹休得發鎗，孩兒在這裡！」連忙跳下雕鞍，跪拜於地。尉遲恭見他口叫爹爹，下馬跪拜，倒收住了鎗，說：「小番兒，你不必這等懼怕，只要獻關投順，就免你一死。」寶林說：「爹爹，當真孩兒在此，相認父親。」尉遲恭說：「豈有此理，你認錯了！某家在中原為國家大臣，那裡有什麼兒子在於北番外邦？沒有的，沒有的。」寶林叫聲：「爹爹，你可記得二十年前在朔州麻衣縣打鐵投軍，與梅氏母親分離，孩兒還在腹內。一去之後，並無音信，到今二十餘年，才得長成，相認父親。難道爹爹就忘了麼？」

尉遲恭一聽此言，猶如夢中驚醒，不覺兩淚交流，說：「是有的！那年離別之後，我妻身懷六甲，叫我留信物一件，以為日後相認。只是你無信物，未可深信，一定認錯了。」寶林叫聲：「爹爹，怎麼沒有信物？」抽起一條水鐵鋼鞭，提與尉遲恭，說道：「爹爹，你還認得此鞭麼？」敬德把鞭接在手中，仔細一看，柄上還刻著「尉遲寶林」四字，認得自己親造：「兩條雌雄二鞭，昔年留於妻子之處，叫他撫養孩兒，長大成人，拿鞭前來認我，誰想到今方見此鞭，果然是我孩兒了！」

那時便滾鞍下馬，說道：「我兒，今日為父得見孩兒之面，真乃萬幸也！為父與你母親分別後，也受了許多苦楚，才蒙主上加封。差人到麻衣縣，相接你母親，並無下落。那時為父思想了十多年，差人四處察訪，音信絕無。豈知孩兒反在北番！因何到此，母親何在？」

寶林叫聲：「阿呀，爹爹！自從別離之後，母親在家苦守，不想被番奴劉國貞這賊，擄在北番，屢欲強逼。我母親欲要全節而亡，因有孩兒在腹，猶恐絕了後嗣，所以毀容阻撓，堅心苦守孩兒長大，叫我今朝相認父親。總是孩兒不孝，望爹爹不必追究過去之事。」尉遲恭又驚又喜，道：「原來如此！為今之計，怎生見得夫人？」寶林說：「爹爹，母親曾對我講過的，叫爹爹假敗進營，會合諸將，上馬提兵，待孩兒假敗，砍斷吊橋索子，沖殺進關去擒賊子，就好相見。得了白良關，一件大功。」尉遲恭道：「此計甚妙，我兒快快上馬。」

父子提鎗，跨上雕鞍，沖出山凹，叫聲：「小番兒，果然利害，某今走矣。休趕，休趕！」一馬奔至營前。寶林收住絲韁，假作呼呼大笑道：「我只道你久常不敗，誰知也有今日大敗！罷，快叫能事的出來會我！」此話不表。

再講尉遲恭下馬，上中軍來見元帥，說：「真算我主洪福齊天，白良關已得！」叔寶說：「將軍未能取勝，白良關怎麼得來？」敬德說：「北番這位小將，乃是某家嫡子。所以今日假敗，到落荒相認，父子團圓。我妻梅氏，現在關中，叫孩兒對某所講，會合各位將軍，坐馬提兵，殺出營門。等我孩兒假敗下去，砍落吊橋，搶進關中，共擒守將。豈不是白良關唾手而得矣？」眾將聞言大喜。叔寶說：「果有這等事？你子因何反在北番？從何說起？」敬德就把麻衣縣夫妻分別之事，細細說了一遍，秦瓊方才明白。即發令箭數枝，令諸將：「坐馬端兵搶關，擒北番之將，須要小心，不得違令！」眾將應聲：「是。」早有馬、段、殷、劉、程咬金五將，上馬提兵，出營門觀望。

尉遲沖出營門，大叫一聲：「小番兒，某家來取你命也！」拍馬上前，直取寶林。寶林急架相迎。父子假戰了五六個沖鋒，寶林便走，叫聲：「休趕，休趕！」把眼一丟，望關前敗下來了。敬德叫聲：

「那裡走！」回頭又叫聲：「諸位將軍，快些搶關哩！」這六騎馬隨後趕來，底下大小三軍們，旗旛招颭❸，劍戟刀鎗，如海浪滔天，煙塵抖亂，豁喇，豁喇，豁喇，趕至吊橋邊來。

寶林過得吊橋，有小番高扯吊橋，忙發琅玡❹，卻被寶林砍斷索子，吊橋墜落。眾小番大驚，說：「大爺反把吊橋索子砍斷。」寶林喝聲：「嘁！誰敢響！那個是你們公子？看鎗！」亂挑了幾個。小番喊叫說：「公子反了！」一擁進關。諸將過了吊橋，寶林叫聲：「爹爹，這裡來。」六騎馬殺進關中，鼓打如雷，馬叫驚天。那關中合府官員，多聞報了，有偏正牙將們，頂盔貫甲，上馬提刀，上來抵敵。尉遲恭父子二人，兩條鎗，好了不得！來一個，刺一個，來一雙，刺一雙。程咬金手執大斧，說：「狗番奴！」罵一句，殺一個，罵兩句，殺一雙。殷、劉、馬、段四將，提起大砍刀，殺人如切菜，好殺哩！直殺到總府衙門。

劉國貞一聞此報，著了忙，說：「一定此事發了！帶馬抬鎗，隨本總來呵！」這一邊家將們，多是明盔亮甲，提著軍器，上著馬，一擁出來。到得總府衙門，阿呀，不好了，多是大唐旗號！前面尉遲寶林引路，直沖上來。劉國貞把鎗一起，叫一聲：「畜生！反害自身！照鎗！」「插」的一鎗，直刺過來。寶林把鎗「嗒啷」一響，架住在旁邊，馬打交鋒過來。國貞正沖到尉遲面前來了。敬德把鞭拿在手中，說：「去罷！」當夾胸只一鞭，國貞叫得一聲：「阿呀！」血稍一噴，坐立不牢，跌下馬來。軍士拿來拴捉住了。餘外家將、小番們晦氣，一刀三個的，一鎗四五個的。有識時務的，口叫：「走阿，走阿！」

---

❸ 招颭：即招展。飄揚；搖曳。颭，音ㄓㄢˇ。風吹顫動的樣子。

❹ 琅玡：疑即狼牙箭。箭頭為三脊形，鋒利如狼牙。

多望金靈川逃去，殺得關內無人。

尉遲父子進了帥府，滾鞍下馬，說：「孩兒，快去請你母親出來相見。」寶林奉父命來到房中，只見夫人索珠滾淚，猶如線穿一般。寶林忙叫：「母親，如今不必悲淚，爹爹現在外面，快快出去。」夫人說：「我兒，當日夫君曾叫我撫養孩兒成人，以接後代。到今朝，父子團圓，雖節操能全，我只恨劉國貞謗汙我名，今可擒住麼？」寶林說：「母親，已今綁在外面了。」「既如此，我兒，與我先拿進來，然後與你爹爹相見。」寶林說：「是。」走出外面，拿進劉國貞。劉國貞嘆聲：「罷了，養虎傷身。」梅氏夫人一見，大罵：「賊子，你謗訕我節操聲名，蠻稱為妻，使北番軍民誤認我不義，恥笑有失貞節。怎知我含忿難明，皆因身懷此子，不負親夫重託！所以外貌是和，中心懷恨，毀容阻撓，得幸此子長成。再不道親夫臨敵，父子團圓，我完節之願畢矣。賊阿，你一十六年謗節之名，此恨難洩！」忙叫：「我親兒，快將這奸賊砍為肉醬！」寶林應聲提劍起來，亂斬百十餘刀。一位白良關守將，化為肉泥。夫人叫聲：「我兒，你往外面，喚父親到裡面來。」寶林奉命。出得房門，梅氏夫人大叫一聲：「丈夫阿！今日來遲，但見其子，不見你妻了。你在中原為大將，我汙名難白，見你無顏！罷，罷，罷，全節自盡，以洗貞操。」忙將頭撞上粉壁。可憐間腦漿迸裂，全節而亡，嗚呼哀哉了。

寶林那曉其意，來到外面，說：「爹爹，母親要你裡面去相見。」尉遲恭大喜。父子同進房中，一見夫人觸牆而死，寶林大哭一聲：「我母親阿！」那尉遲嚇呆了，遂悲淚說：「我兒，既死不能復生，不必悲淚。」就將屍骸埋葬在房。父子流淚，來到外面，對諸將說了，人人皆淚。程咬金說：「好難得的！」

眾將上馬出關，進中營。馬、段、殷、劉繳了令。尉遲恭說：「我兒，過來參見了元帥。」寶林上前，說是：「元帥在上，小將尉遲寶林參見。」元帥叫聲：「小將軍請起。」寶林然後走下來，見過了諸位叔父、伯父們。

敬德領進御營，俯伏塵埃，說道：「陛下龍駕在上，臣尉遲寶林見駕。」世民大喜，說是：「御侄平身。寡人有幸到來平北，得了一位少年英雄，諒北番是御侄熟路，穿關過去，得了功勞，朕當加封與你！」寶林謝了恩。

元帥傳令，大隊人馬來到白良關，點一點關中糧草，查盤國庫，當夜賜宴與敬德賀喜。養馬三日，放炮起兵，兵進金靈川，我且慢表。

單說金靈川守將，名字伍國龍，身長一丈，頭如笆斗，面如藍靛❺，髮似硃砂，海下黃鬍，力大無窮，鎮守金靈川。這一日升堂，有小番報進：「啟爺，白良關已失，現有敗傷把都兒在外要見。」伍國龍聞白良關失了之言，便大驚說：「快傳進來。」把都兒走進，跪下說：「平章爺，不好了！大唐兵將，實為驍勇，白良關打破，不日兵到金靈川來了！」伍國龍那番嚇得膽戰心驚，說：「本鎮知道，快走木楊城❻，報與狼主知道！」吩咐關頭上多加灰瓶石子，弓弩旗箭：「小心保守！大唐兵馬到來，報與本鎮知道！」把都兒一聲「得令」，此話不表。

再講到南朝兵馬，在路饑餐渴飲，約有三日。那先鋒程咬金早到金靈川下，吩咐放炮安營，等後面

❺ 藍靛：深藍色。靛，音ㄉㄧㄢˋ。

❻ 木楊城：北番都城，又寫作「木陽城」、「牧羊城」。

人馬一到，然後開兵。不一日，大兵到了，程咬金接到關前營內。其夜君臣飲酒，商議破關之策。當晚不表。

次日清晨，元帥升帳，聚集眾將兩旁聽令。尉遲寶林披掛上前，叫聲：「元帥，小將新到帥爺麾下，不曾立功。今日這座金靈川，待小將走馬成功，取此關頭，以立微勳，有何不可？特來聽令！」秦叔寶道：「好賢侄，此言實乃年少英雄！須要小心在意。」寶林應道：「是，得令。」頂盔貫甲，懸劍掛鞭，掉鎗上馬，帶領軍士沖出營門。來到關前，大叫一聲：「呔！關上的，快報與伍國龍知道：今南朝聖駕親征破番，要殺盡你們番狗奴！況白良關已破，早早出來受死！」

這一聲大叫，關上小番報進來了：「啟爺，關外大唐人馬已到，有將討戰。」伍國龍聞報，吩咐：「快取披掛過來！」備馬抬刀，頂盔貫甲，結束停當，帶過馬，跨上雕鞍，提刀出府，來到關前，吩咐開關。哄嚨一聲炮響，大開關門，放下吊橋，一字擺開，豁喇喇，一馬沖出。

寶林抬頭一看，見來將一員，甚是兇惡！你看他怎生打扮：

頭戴紅纓亮鐵明盔，身披龍鱗軟甲。面如藍靛，硃砂紅髮，兩眼如銅鈴，兩耳兜風，一臉黃鬚。

坐下一騎青鬃馬，大刀一擺光閃爍，鎗刀雙起響叮噹，喝聲似霹靂交加。

寶林看罷，大叫一聲：「嘟！來的番狗，通下名來！」伍國龍說：「你要魔家的名麼？乃紅袍大力子大元帥祖麾下，加為鎮守金靈川大將軍伍國龍便是。」寶林說：「原來你就叫伍國龍？也只平常！今日天兵已到，怎麼不讓路獻關？擅敢反來阻我去路，分明活不耐煩了！」國龍聞言大怒，也不問姓名，提起刀來，喝聲：「嘟！照魔家的刀罷！」望寶林頂上劈將下來。寶林叫聲：「好！」把鎗「噶啷」這一梟❼，國龍喊聲：「不好！」在馬上一晃，這把刀直望自己頭上掤轉來了！豁喇一馬，沖鋒過去，兜得轉來，寶林把手中鎗緊一緊，喝聲：「去罷！」一鎗當心挑進來，伍國龍叫得一聲：「阿呀，我命休矣！」躲閃不及，正刺在前心，「不咚」一響，挑下馬去了。寶林復一鎗刺死，吩咐諸將：「快搶關哩！」叫得一聲「搶關」，一騎馬先沖上吊橋上了。營前有尉遲恭在那裡掠陣，見兒子鎗挑了番將，也把鎗一串，說：「諸位老將軍，快搶吊橋！」有程咬金、王君可二十九家總兵上馬，提鎗執刀，豁喇喇，正搶過吊橋來了。

那些小番、把都兒，望關中一走，閉關也來不及了。卻被寶林一鎗一個，好挑哩！眾將把刀斬的，把斧砍的，好殺哩！這些小番也有半死的，也有折臂的，也有破膛的，也有有時的❽逃了去的，一霎時，逃得乾乾淨淨。殺進帥府，查盤錢糧，請關外大元帥同貞觀天子、大小三軍，陸續進關。把錢糧單開清在簿。

寶林上前說：「元帥，小將繳令。」元帥說：「好賢侄，真乃將門之子！走馬取關，其功不小。」太宗大悅，說：「御侄，將門有將，尉遲王兄如此利害，御侄鎗法更精，叫做英雄出在少年！王兄不如御侄了。」敬德聽見朝廷稱贊他兒子，不覺毛骨悚然，奏道：「陛下，究竟他鎗不精，出得不清，沒有

❼ 梟：音ㄒㄧㄠ。擋；推。

❽ 有時的：即有時運的；運氣好的。

十分筋骨發出來的。」太宗道：「阿，王兄，御侄沒有筋骨，也夠了。」其夜，營中夜飲賀功。

一宵過了，明日清晨，把關上赤壁寶康王旗號去落了，打起大唐旗號，只如今放炮抬營，三軍如猛虎，眾將似天神，一路上馬，前往銀靈川進發，好不威風！探馬預先在那裡打聽，聞得失了金靈川，飛報進關去了。行兵三日，來到關外，把人馬紮住，後隊大元帥人馬已到，吩咐離關十里下寨。有尉遲寶林上前，說：「且慢安營，待小將走馬取關，先開一陣，倘挑了番將，就此沖進關門，走馬成功，豈不為美？若不能取勝，安營未遲。」元帥說：「既然如此，賢侄須要小心，待本帥與你掠陣，靠陛下洪福，賢侄滅得守將，本帥領三軍沖進關中，也是你之功。」「得令！」把馬一沖，來到關前，大喝一聲：「噯！關上的，快去報天兵到了，速速獻關！若有半句推辭，將軍就要攻關哩！」

小將喊聲，驚動關上把都兒，報進：「啟爺，大唐人馬已到，有小蠻子坐馬端鎗討戰。」總爺大驚，說：「中原人馬幾時到的？可曾安營麼？」「啟上平章爺，才到，不曾紮營，走馬討戰。」「阿唷，那有此理！南朝兵將一發了不得，取了白良關，又取了金靈川，思想要取銀靈川，可惱！可惱！」吩咐帶馬過來，結束停當，掛劍懸鞭，手執金棍，帶領眾把都兒，一聲炮響，大開關門，一馬當先，沖過吊橋。尉遲寶林抬頭一看，原來是一員惡將，十分兇險。你道怎生打扮：

頭戴龍鳳頂鐵盔，身穿鎖子黃金甲。
手執慣使黃金棍，坐下千里銀騌馬。

好一位番邦勇將！黑臉紅鬚，直到陣前。寶林大喝一聲：「呔！來的番狗住馬，可通名來！」總爺把棍一起，「噶啷」架定，說：「你要問魔家之名麼？對你說！你可知道，我乃鎮守銀靈川總兵王天壽便是！可曉得本將軍之利害麼？還不速退！」寶林聽了，把鎗一起，刺來。王天壽把棍一架，回手一棍，喝聲：「照棍！」當頭望頂梁上蓋將下來。好不利害！猶如泰山一般。寶林把鎗一架，「噶啷」一聲響，撥開在傍，回手一鎗。王天壽躲閃不及，喊一聲：「不好了！」一鎗正中咽喉，「不咚」一聲，跌下馬來，死於非命。小番見主將已死，曉得金靈川內殺得利害，大喊一聲，各自逃生，往野馬川去了。元帥好不得意，把人馬同寶林殺進關去了，一卒皆無。到總府紮住。尉遲寶林進帳繳令。正是：

唐王有福天心順，眾將英雄取北番。

不知進攻野馬川如何，且聽下回分解。

第四回　鐵板道土遁野馬川　屠爐女棄守黃龍嶺

詩曰：

　　盡誇妖道法高強，野馬川邊戰一場。
　　鐵板欲傷年少將，那知老將勇難當。

尉遲寶林走馬取了二關，朝廷大悅，說：「御侄其功非小！」吩咐改換大唐旗號，查盤錢糧，養馬三日。眾將稱贊尉遲寶林之能，尉遲恭好不得意。次日，發炮起行，望野馬川進發。

早有小番告急，本章如雪片一般，飛報到木楊城。狼主大驚，急召齊花知平章胡獵等議事。眾文武入朝，朝參已畢，傳旨：「大唐兵已奪三關，諸卿有何良策，可退唐兵？」早有元帥祖車輪出班奏道：「狼主放心，待臣操演三軍，起兵退敵。殺退大唐人馬，易如反掌之間！」狼主道：「既如此，傳旨：作速操演人馬，退敵以安朕心。」元帥領旨。

不講狼主之事，再表大唐兵到了野馬川，吩咐放炮安營。朝廷開言說：「御侄，你走馬破了二關，功勞不小。今日這一座野馬川，為何御侄就不能走馬出兵？沒有膽子去破關麼？」寶林叫聲：「陛下有所不知，臣雖年小稱雄，因看得金、銀二川守將本事欠能，故臣可以走馬取關。今野馬川關將，本事利害驍勇，況且又有仙傳異法，十分難破，故此臣不敢誇能。」太宗說：「御侄，此關有甚妖人把守？善用異法害人麼？」寶林說：「陛下，那關將名喚鐵板道人，他用一尺長半寸闊鐵打成的，叫做鐵板，方口一塊，念動真言，發在空中，有一萬喪一萬，有一千喪一千，多要打為泥灰。」太宗說：「此人邪法利害，怎麼樣處？」徐茂公開言說：「陛下不必多慮，此乃妖道邪法，龍駕在此，正能壓邪，那怕妖法！明日開兵，自然取勝。」寶林說：「待臣明日討戰便了。」

再表次日，打鼓聚將，元帥升帳，諸將兩傍站立。小將軍披甲上馬，領令出營。敬德昨夜聽得兒子所言關中妖道利害出奇，說道：「待末將出去掠陣。」元帥說：「我主有言，妖道甚是利害，待元帥同眾將一齊出營，觀看妖道怎樣的邪法，如此利害。」眾將俱應。營前發動戰鼓，寶林來到關前，上面箭如雨下。寶林說：「休得放箭，快快叫守將出來會俺！」

把都兒報入帥府，說：「啟上道爺，外面有唐將討戰。」那李道人呼呼大笑說：「大唐兵將分明來送死了！他自道走馬去了三關，卻不知我爺的異法利害，也敢前來走馬，叫他認認爺的手段看！」吩咐備馬，通身打扮，跨上雕鞍，拿一口孤定劍，身藏法寶，帶了把都兒，來到關下，吩咐放炮開關，一馬當先沖出。寶林抬頭一看，好一個怕面道人！頭如笆斗，眼似銅鈴，尖嘴大鼻，海下紅鬚，根根如鐵線，身穿皂羅袍，手執孤定劍，來到陣前，把劍照寶林劈來。寶林把鎗「噶啷」一聲架住。又一劍砍來，又把鎗架開了。寶林說：「妖道，看小爺的鎗！」劈面刺來。李道人把雙劍架起，交了三個回合，那裡敵得過！口中念動真言，祭起法寶，往空中呼的一聲，有數道霞光沖起，直望寶林頭上打將下來了。寶林抬頭一看，唬得魂不附體：「阿呀，不好了！」帶轉馬頭，正望營前逃走，李道人指點鐵板，隨後追來。尉遲恭看見兒子被妖法追去，心內著忙，冒鐵板下沖進來。李道人只顧傷寶林，不提防敬德沖進來，要收這鐵板打敬德。來不及了，被敬德沖到肋下，攔腰這一把，用力一提，李道把身一掙。尉遲恭年紀老了，在馬上一旺，兩人多翻將地下來了。敬德手一鬆，扒起身來，不見了妖道，借土遁而走了。少不得征西❶裡邊還要出陣，這是後事，我且慢表。

且說尉遲恭見妖道走了，即上馬叫眾將沖關，後面大小三軍一齊沖進關中。小番看勢頭不好，棄了野馬川，飛奔黃龍嶺去了。查盤錢糧，改換旗號，養馬三日，發炮起行，往黃龍嶺進發。此話不表。

再講黃龍嶺守將，你道什麼人？乃是一員女將，叫做屠爐公主，乃是狼主駕前有一位屠封丞相，就是他父親。因見他能知三略❷法，會提兵調將，善識八卦陣，兵書戰冊，盡皆通透，力氣又狠，武藝又精，才又高，貌又美，所以狼主將他繼為公主，十分寵愛，加封在此，鎮守黃龍嶺。這一日，正與諸將商議退敵之策，忽有侍女稟道：「啟娘娘，野馬川上有小番要見公主。」吩咐傳他進來。番子跪伏在地，說：「公主娘娘不好了，野馬川已被大唐兵奪去了，明日就要來攻打黃龍嶺了！」唬得屠爐公主面如土色，說：「列位將軍，他前日取了白良關，倒也不在心上。如今看起來，真算中原人馬實為利害，殺得俺這裡勢如破竹！今日取了銀靈川，明日失了野馬川，多是走馬成功的。如今五關已失四關，若黃龍嶺

❶ 征西：指薛仁貴之子薛丁山征西故事。即說唐征西全傳，又名薛丁山征西。

❷ 三略：古兵書名。相傳為漢初黃石公作，全書分上略、中略、下略。隋書經籍志三有黃石公三略三卷，已佚。今存者為後人依託成篇，收入武經七書。亦以泛指兵書及作戰謀略。

一破，木楊城就難保了，與他開不得兵的。」

諸將皆曰：「公主娘娘，那南朝兵多將廣，不可開兵，使個計策，殺他片甲不回，捉住唐王，才無後患。」公主心中一想：「有了，洒家❸有良策在此，管叫中原兵馬有路無回，盡作為灰！」眾將道：「娘娘有何妙計？」公主說：「此地不可洩漏。你們聽我之令，關頭上多要旌旗密密，把關門大開，吊橋放下。我們領了關中小番，竟往木楊城去見父王狼主，共擒唐將，同捉唐王。把黃龍嶺兵馬盡行調空，誘引唐兵進關，前來中計。」那眾番將聽了公主娘娘之令，誰敢有違？連忙吩咐五營八哨把都兒們，擺齊陣伍，裝載糧草，把關門大開，多立旌旗。公主娘娘帶領眾將，多望木楊城去見狼主，不表。

再講唐王人馬，這一天到了黃龍嶺，有探馬上前稟道：「啟元帥爺，前面是黃龍嶺了。但見關頭上旌旗飄蕩，並無兵卒，大開關門，吊橋不扯起，不知什麼詭計，故此稟上元帥。」秦瓊呼呼冷笑說：「諸位將軍，你們不要藐視此關之將無能，大開關門，兵卒全無，內中有計。今日御駕親征，諒無大事。你們須要小心，進關看他使何詭計！」程咬金叫聲：「元帥，非也！我們侄兒連奪四關，盡不用吹毛之力。黃龍嶺守將難道豈不曉得？決然聞此威名，諒不敢與我們開兵，所以棄關逃走了。不要說侄兒年少英雄，就聞我老程之名，也膽戰心驚的，那裡有什麼詐？分明怕我，逃遁了去。」秦瓊說：「你通是獃話，不必多講！與我吩咐大小三軍進關去。」元帥一出令，三軍多望關中而進。就著尉遲寶林四處查點明白，恐防暗算，或有奸細。一面發令安營，人馬紮住。

那太宗問道：「御侄，如今前面什麼關了？」寶林說：「陛下，沒有什麼關了，就是木楊城，赤壁

---

❸ 洒家：猶「咱」。宋元時關西一帶人的自稱。

康王所坐之地。」太宗大喜，說道：「諸位王兄，聞得番邦之將利害異常，原來如此平常的！焉及王兄們驍勇？一路打關攻寨，並無阻隔。如今兵打木楊城，有幾天成功得來？」眾臣道：「一來靠皇天，二來靠陛下洪福，三來諸將本事，必要攻破番城，活捉番王，得勝班師！」太宗大喜，吩咐營中大排筵宴，賞賜公卿。當夜不表。次日清晨，元帥傳令，發炮起行，往木楊城而進。

再講木楊城內狼主千歲，身登龍位，有左丞相屠封、右元帥祖車輪文武二臣。朝賀已畢，狼主說：「元帥，魔家此國，只靠元帥之能。今日被唐兵殺得勢如破竹，十去其八，昨日又報野馬川已失。元帥操演人馬已熟，速速興兵到黃龍嶺，與王兒同退唐兵還好。不然，黃龍嶺一失，魔家就不好看相了！」元帥叫聲：「狼主放心！這兩天忙得緊，日夜操演三軍。今日有鐵雷二將，在教場會火箭。待臣今日去看了操，然後明日到黃龍嶺，同退唐兵。」祖車輪辭朝，教場中去了。

有番兒報進：「啟上狼主千歲，公主娘娘帶領本部番兵進城來了。」康王聽了此言，不覺一驚，開言叫聲：「屠丞相，王兒如此膽大，輕身到此，黃龍嶺有卵石之危，何人把守？豈不干係！」屠封說：「狼主那，公主不知有甚事情，且召進來。」康王就命番臣番將迎接公主娘娘。文武番臣領旨出迎。公主聞召，同諸將走上銀鑾殿。公主俯伏，說：「父王狼主，千歲，千千歲。」康王叫聲：「我兒平身。」說：「王兒，今唐兵到黃龍嶺，正思無計可退唐兵，汝不保汛地❹，反帶兵到此，豈不關內乏人？倘被他取了黃龍嶺，如之奈何？」公主叫聲：「父王有所不知，臣兒若要保守此關，諒不能夠。況南朝蠻子，好不利害！倘然失利，與他破了黃龍嶺，臣兒之罪也！故此傳令諸將，反把關門大開，回來見父王。有

---

❹ 汛地：軍隊駐防地段。

個絕妙之計，叫南朝人馬，一個也不能回朝！」康王說：「王兒有何妙計？捉得唐王，其功非小。」公主說：「此計名曰空城之計。木楊城北四十里之遙，有座賀蘭山❺，做了屯紮之處。把木楊城軍民人等，多調在賀蘭山住了。做了一個空城，把四門大開，旌旗高扯。大唐人馬進了城，我們把木楊城團團圍住，不能出去，糧草一絕，豈不多要喪命！」

公主正在設計，元帥祖車輪也進朝門，一聞此計，說：「公主計甚好。但是大唐人馬肯進城，一定是死。然唐營之中，豈無智謀之士？只怕識得空城之計，不進城來，便怎麼處？」公主說：「元帥，城中或者不進，營盤紮在城邊，只須元帥周備，如此如此，甚般甚般，怕他不進城去！」元帥叫聲：「好計！」狼主心中大悅，說：「事不宜遲，傳魔家旨意：令城中軍民人等，盡行搬出，到賀蘭山去了。」然後狼主部令了數萬人，竟退到賀蘭山紮營。元帥當下調兵埋伏，暗中探聽，不表。

單講大唐人馬，離了黃龍嶺下來，三天到木楊城。探子報道：「木楊城大開，不知何故。」秦元帥忙問徐茂公道：「二哥，究竟那些番狗使的什麼計？」茂公叫聲：「元帥，此乃空城之計。引我兵進了城，那時就要圍住，絕我糧草。此計不可上他的當，就在此安營在外。」程咬金說：「徐二哥又在此說混話，什麼空城計不空城計！這班番狗，懼怕我們，多逃遁去了，那裡有什麼計？及早進城，改換旗號，好班師！」茂公說：「我豈不知？誰要你多言！」元帥傳令大小三軍，不必進城，就此安營。放炮一聲，安下營盤。

此時卻是日已過午，君臣暢飲，直吃到三更，軍士飛報進來：「報上王爺、元帥，不好了！營後火

---

❺ 賀蘭山：又名阿拉善山，在寧夏與內蒙古交界處。

發，正南上有二枝人馬，盡用火箭射將過來，三軍營帳多燒著了！」元帥聽得呆了，太宗汗流脊背。聽一聲看：「阿呀，不好了！」沸反滔天，自己營中多亂起來了。茂公說：「中了他們計了！諸位將軍，快些上馬保駕。」元帥上馬提鎗，沖出營門。尉遲恭父子兩騎馬也出營外。馬、段、殷、劉，措手不及，端了兵器，保定天子。程咬金拿了開山大斧，一擁出營。抬頭一看，嚇殺人也！但只見正南上有兵，東西二處也有人馬，燈毬亮子❻，照耀如同白日，火毬、火箭、火鎗，打一個不住，四邊有數萬人馬殺來。唐兵心慌，三軍受傷者不計其數。天子叫聲：「先生，如之奈何？怎麼處？」抖個不住。茂公無法，只得傳令，把人馬統進城中，暫避眼前之害。大小三軍，那裡還去捲這些物件？只得多棄撇了，望城中逃命要緊。諸大臣保定龍駕，一擁進城，把四門緊閉，扯起吊橋。其夜亂紛紛安住了。

再講外面元帥祖車輪大悅，說道：「唐兵落我的圈套了！」吩咐大小兒郎：「就此把四門圍住，不許放走唐卒一人，違令者斬！」一聲答應，四枝人馬，將城圍得水泄不通。放炮三聲，齊齊紮下營盤，早已東方發白。賀蘭山狼主御駕，同了屠封丞相、屠爐公主，領了二十萬人馬，又是團團一圍，真正密不通風。

再講城中，唐王坐了銀鑾殿，元帥住了車輪的帥府，諸將安歇了文武官的衙門，數萬人馬，紮住營盤。軍士報道：「啟上萬歲爺，那番兵把四門圍住了。」茂公說：「不好了，上了他當了！如今糧草不通，如之奈何？」尉遲恭說：「軍師大人，不免且到城上去看看。」元帥說：「老將軍之言有理。」天子說：「待寡人也到城上去走一遭。」眾公卿多上雕鞍，帶隨身家將。萬歲身騎日月驌驦馬，九曲黃羅

❻ 亮子：燈火。

傘蓋頂，出了銀鑾殿，來到南城上，一看大驚，說：「阿唷，嚇死人也！」好番營，十分利害！君臣見了，大家把舌頭伸伸。元帥叫聲：「諸位將軍，你看這一派番營，非但人馬眾多，而且營盤紮得堅固，不是兒戲的！我軍又難以沖出去。他們糧草盡足，當不得被他困住半年六月，怎麼處？況我糧草空虛，豈不大家餓死？」天子龍顏納悶❼，諸臣無計可施，只得回衙。

三天過了，大元帥祖車輪全身披掛，出營討戰。有軍士報進：「啟上萬歲爺，西城外有番將討戰。」天子嚇得面如土色，叫聲：「秦王兄，番將如此利害，在外攻城，如何是好？」元帥說：「陛下，不妨，待本帥上城看來。」

叔寶上馬，來到西城上，望下一看，見有一將，生得來十分兇惡，面如紫漆，兩道掃帚眉，一雙怪眼，獅子大鼻，海下一部連鬢鬍鬚，頭上戴一頂二龍嵌寶烏金盔，斗大一塊紅纓，身穿一件柳葉鎖子黃金甲，背插四面大紅尖角旗，左邊懸弓，右邊懸箭，坐下一匹黑點青鬃馬，手執一柄開山大斧，後面扯起大紅旗，上寫著「紅袍大力子大元帥祖」，好不威風！在城下大叫：「呔！城上的蠻子聽著：本帥不興兵來征伐你們，也算這裡狼主好生之德，怎麼你反來侵犯我邦，奪我疆界，連傷我這裡幾員大將？此乃自取滅亡之禍！今入我邦，落我圈套，憑你們插翅騰空，也難飛去。快把無道唐童獻將出來，饒你一群螻蟻之命。若有半句推辭，本帥就要攻打城門哩！」

這一聲大叫，城上叔寶說：「諸位將軍，這一員番將不是當耍的！你看好一似鐵寶塔一般，決然利害。」程咬金說：「好像我的徒弟，也用斧子的。」眾將笑道：「你這柄斧子沒用的！他這把斧頭，吃

❼ 納悶：鬱悶；悶悶不樂。

也吃得你下，比你大得多的，你說什麼鬼話！」元帥說：「如今他在城下猖獗，本帥起兵到此，從不曾親戰，不免今日待本帥開城，與他交戰。」眾將道：「若元帥親身出戰，小將們掠陣。」

叔寶按好頭盔，吩咐發炮開城，與他交戰。哄嚨一聲炮響，大開城門，帶了眾將，一馬沖先，好不威風！祖車輪把斧一擺，喝聲：「蠻子，少催坐騎，可通名來！」叔寶說：「你要問俺的名麼？大唐天子駕前掃北大元帥秦！」祖車輪呵呵大笑道：「你大唐有名的將，本帥只道三頭六臂，原來是一個狗蠻子！不要走，照爺爺傢伙罷！」把斧一起。叔寶把鎗一架，「噶啷」一響，說：「呔！慢著！本帥這條鎗，不挑無名之將，快留個名兒！」車輪說：「魔乃赤壁康王駕下大元帥祖！」叔寶說：「不曉得你番狗！照本帥的鎗罷！」望車輪劈面刺來。車輪說聲：「好！」把開山大斧一迎。叔寶叫聲：「好傢伙！」帶轉馬頭。車輪把斧打下來，叔寶把鎗一抬，在馬上亂旺，把鋼牙一挫，手內提爐鎗❽緊一緊，直望車輪面門刺來。車輪好模樣，那裡懼怕！把斧鉤開。正是：

強中更有強中手，唐將雖雄難勝來。

不知二將交戰如何，且看下回分解。

❽ 提爐鎗：又作「提廬鎗」、「提盧鎗」。鎗上有環，環上掛有香爐狀的銅砣。擲出銅砣，可以打擊遠距離的敵人。

第五回　貞觀被困木楊城　叔寶大戰祖車輪

詩曰：

英主三年定太平，卻因掃北又勞兵。
木楊困住唐天子，天賜黃糧救眾軍。

叔寶實不是祖車輪對手，殺到三十回合，把鎗虛晃一晃，帶上呼雷豹，望吊橋便走。車輪呵呵大笑道：「你方才許多誇口，原來本事平常！你要往那裡走，本帥來也！」把馬一拍，沖上前來。唐兵把吊橋扯起，城門緊閉。元帥進得城來，諸將說：「元帥不能勝他，如之奈何？」尉遲寶林說：「元帥，不免待小將出去拿他。」尉遲恭說：「我兒，元帥尚不能勝，何在於你？如今他在城下耀武揚威，怎麼處？」元帥道：「如此，把免戰牌掛出去。」那祖車輪看見了免戰牌，叫聲：「沒用的！」那番得勝回營，此話不表。

再講城中元帥同眾將回到殿中，天子開言，叫聲：「秦王兄，今日出兵，反失勝與番狗，寡人之不幸也！」諸臣無計可施，困在木楊城中。不覺三月，糧草漸漸銷空。這一日，當駕官奏說：「陛下，城中糧只有七天了。」天子叫聲：「徐先生，怎麼處？」茂公道：「叫臣也沒法處治。那番狗設此空城之計，原要絕我們糧草。我軍入其圈套，奈四門困住，音信不通，真沒奈何！」咬金說：「若過了七天，我們大家活不成了！」天子龍心納悶，又不能殺出，又沒有救兵。不想七天能有幾時？到了七天，糧草絕了，城中人馬，盡皆慌亂。程咬金說：「徐二哥有仙丹充饑，不餓的。獨有老程晦氣，要餓殺！」元帥說：「如今多是命在旦夕，還要在此說獃話！」尉遲恭意欲同寶林踹出營門，又怕祖車輪氣力利害，龍駕在此，終非不美。

君臣正在殿上議論，無計可施。只聽半空中括喇括喇，一片聲震，好似天崩地裂，嚇得君臣們膽戰心驚。大家抬頭一看，只見半空中有團黑氣，滴溜溜落將下來，跌在塵埃。頃刻間黑氣一散，跳出許多飛老鼠來，足有整千，望地下亂鑽下去。眾臣大家稱奇。天子叫聲：「徐先生，方才那飛鼠降在寡人面前，此兆如何？」茂公道：「陛下，好了！大唐兵將未該絕命，故此天賜黃糧到了！」諸將說：「軍師何以見得？」茂公笑曰：「前年西魏王李密，納愛蕭妃，屢行無道，後來忽有飛鼠盜糧❶，把李密糧米盡行搬去，卻盜在木楊城內！相救陛下，特獻黃糧。」天子大喜，說：「先生，如今糧在那裡？」茂公說：「糧在殿前階除❷之下，去泥三尺便見。」天子就命軍士們數十人，掘地下去。方及三尺深，果見

---

❶ 飛鼠盜糧：詳見說唐。飛鼠盜李密糧米，共十五萬石。後來尉遲恭兵下荊州，被水圍在樊城，不意之中掘出三萬石，救了眾軍性命；又有秦叔寶掃北，兵圍牧羊城，掘得三萬石充飢；又有唐天子跨海征東，被困在三江越虎城，得了三萬石；直到宋朝楊六郎兵困幽州，楊七郎一箭射下月光，得了剩餘的六萬石。

❷ 階除：臺階。

有許多黃糧，盡有包裹。拿起一包，盡是蠶豆一般大的米粒。程咬金說：「不差，不差！果是李密之糧。」元帥點清糧草，共有數萬，運入倉廒，三軍歡悅，君臣大喜。

茂公說：「陛下，臣算這數萬糧草，不過救了數月之難，也有盡日。我想城外那些番狗，困住四門，糧草儘足，不肯收兵，終於要絕。」太宗道：「先生，這便怎麼處？」茂公說：「臣陰陽❸上算起來，必要陛下降旨，命一個能人，殺出番營，前往長安，討救兵來才好。」天子呵呵大笑道：「先生又來了！就是寡人面前那些老王兄，領了城內盡數人馬，也難殺出番營，那裡有這樣能人？匹馬殺出長安討救！如若有了這個能人，不消往長安討救了。」茂公說：「陛下，東首這個人，能殺出番營。」天子一看，叫聲：「先生，這個程王兄，斷斷使不得，分明送了他性命！」茂公說：「陛下，不要看輕了程兄弟無用，他還狠哩！那些將軍雖勇，到底難及他的能幹。別人不知程兄弟利害，我算陰陽，應該是他討救。」天子聽言，叫聲：「程王兄，徐先生說你善能殺出番營，到長安討救，未知肯與寡人出力否？」

程咬金聽說此言，嚇得魂不附體，連忙說：「徐二哥借刀殺人，臣不去的！望陛下恕臣違旨之罪。」天子說：「諒來程王兄一人，那裡殺得出番營？分明先生在此亂話。」茂公說：「非也！程兄弟三年前三路開兵，他一個走馬，平復了山東，又來幫我們剿浙江，還算勝似少年。料想只數萬番兵，不在我程兄弟心上。」把眼對尉遲恭一丟。敬德說：「軍師大人，你說的是，在此長程老千歲的威光！他實沒有這個本事去沖踹番營，也枉是稱贊他體面。今朝廷困在木楊城，要你往長安去討救，就是這樣怕死！況為國捐軀，世之常事。食了王家俸祿，只當捨命報國，才算為英雄。今日軍師大人不保某家出去討救，

❸ 陰陽：指星相、占卜、相宅、相墓的方術。

若保某家，何消多言！自當捨命，願去走一遭也。」元帥說：「程兄弟，二哥陰陽有準，況又生死之交，決不害你性命。你放心前去，省得眾將在此恥笑你無能。」

程咬金說：「我與徐二哥昔日無仇，往日無冤，為什麼苦苦逼我出去，送我性命？這黑炭團在此誇口，何不保他往長安取救？」茂公叫聲：「程兄弟，我豈不知？若保尉遲將軍前去，不但要他討救兵，分明斷送他殘生，那裡能夠殺得出番營？程兄弟，你是有福氣的，所以要你出去，必能殺出番營！故此我保你前去，救了陛下，加封你為一字並肩王。」咬金說：「什麼一字並肩王？」茂公說：「並肩王，上朝不跪，與朝廷同行同坐半朝鑾駕，誅大臣，殺國戚，任憑你逍遙自在，稱為一字並肩王。」咬金說：「若死在番營，便怎麼處？」茂公說：「只算為國捐軀。若死了，封你天下都❹土地。」咬金心中想道：「拜什麼弟兄？分明結義畜生，要送我性命！我程咬金省得活在世間，受他們暗算，不如陰間去做一個天下都土地，豆腐麵筋也吃不了。也罷，臣願去走一遭！」

天子大喜，說：「程王兄，你與寡人往長安去討救？」咬金說：「臣願去！但是軍師之言，不可失信。今日天氣尚早，結束起來，就此前去。」茂公說：「陛下，速降旨意七道，帶去各府開讀。贈他帥印一顆，到教場考選元帥，速來救駕！」天子聽了茂公之言，速封旨意，付與咬金。咬金領了天子旨意，開言說：「徐二哥，你們上城來觀看，若然我殺進番營中，如營中大亂，踹出營去了。若營頭不亂，必死在裡頭了，就封我天下都土地。」茂公說：「我知道。」就此拜別，說：「諸位老將軍，今日一別，不能再會了！」眾公爺說：「程千歲，說那裡話來！靠陛下洪福，神明保護，程千歲此去，決無大事。」

❹ 都：音ㄉㄨ。頭目；首領。

咬金上了鐵腳棗騮駒，竟往南城而來。後面天子同了眾公卿上馬，多到城上觀看。咬金說：「二哥，城門開在此，看我殺進番營，然後把城門關緊。」茂公道：「放心前去，決不妨事。」吩咐放炮開城，放下吊橋。一馬沖出城門，有些膽怯，回頭一看，城門已閉，後路不通，心中大惱，說：「罷了，罷了！這牛鼻子道人❺，我與你無仇，何苦要害我？怎麼處嗄！」在吊橋邊探頭探腦，忽驚動番兵，說：「這是城內出來的蠻子，不要被他殺過來，我們放箭。」亂射過來。咬金見箭來得凶勇，又沒處藏身，心中著了忙：「也罷，我命休矣！如今也顧不得了！」舉起大斧，說道：「休得放箭！可曉得程爺爺的斧麼？今日單身要踹你們番營，前往長安討救，快些閃開！讓路者生，擋我者死！」這番程咬金拼了命，原利害的，不管斧口斧腦，亂砍亂打。這些番兵，那裡當得住？只得往西城去報元帥了。

咬金不來追趕，只顧殺進番營。只見血流滿地，骨碌碌亂滾人頭，好似西瓜一般。進了第二座番營，不好了！多是番將，把咬金圍住，殺得天昏地暗。咬金那裡殺得出？況且年紀又老，氣喘噓噓。正在無門可退，後面只聽得大喊一聲，說：「不要放走蠻子，本帥來取他的命了！」咬金一看，見是祖車輪，知道他利害不過的，說道：「阿呀！不好了，嚇死人也！」只見祖車輪手執大斧，飛趕過來了。咬金嚇得面如土色，又無處逃避。祖車輪一斧砍過來，咬金那裡當得住？在馬上一個翻筋斗，跌下塵埃。眾將來捉，忽見地上起一陣大風，呼羅羅一響，這裡程咬金就不見了。元帥大驚，說：「蠻子那裡去了？」眾將說：「不知道阿，好奇怪阿，連這兵器馬匹多不見了！方才明明跌下馬來，難道這樣逃得快？」「諸

❺ 牛鼻子道人：對道士的戲稱。以道士梳髻高起如牛鼻，故稱。一說道教所奉始祖老子，曾騎青牛過函谷關，故稱。

將不必疑心，可見大唐多是能人，多有異法，想必土遁去了。此一番必往長安討救，就差鐵雷二將守住了白良關，不容他救兵到此，也無奈我乎！」眾將說：「元帥之言有理。」不表。

咬金跌倒塵埃，嚇得昏迷不省，只聽得有人叫道：「程哥，魯國公，快起來！這裡不是番營。」咬金開眼一看，只見荒山野草，樹木森森，又見那邊有座關，關前有個道人走來，手執拂塵，含著笑臉，來至面前。咬金連忙立起身來，說：「仙長，還是閻羅王差來拿我的麼？還是請我去做天下都土地的麼？」道人說：「非也，貧道是來救你的。」咬金說：「你這道長，怎麼講起亂話來！人死了，還救得活的麼？」道人說：「你命不該死，貧道已救你，方得活命，快往長安討救。」咬金說：「鬼門關現在面前，還要到長安去什麼？」道人說：「此處是雁門關，乃陽間的路，不是什麼鬼門關陰司之地。進了這關，就是大唐世界了。」咬金道：「如此說起來，果然我還不曾死麼？」那番把手摸摸頭頸：「嗄！原來這個吃飯傢伙，還在這裡！請問仙長，何處洞府？叫甚法號？」道人說：「程哥，我乃謝映登，你難道不認得了麼？」

咬金聽說，大驚道：「阿呀，原來是謝兄弟！誰知你一去不回，弟兄們各路尋訪，絕無影踪。眾弟兄眼淚不知哭落幾缸，誰知今日相逢！你一向在何處？為甚不來同享榮華？我看你全然不老，鬚髮不蒼，比昔日反覺齊整些。我方才明明跌下馬來，怎生相救出白良關？一一說與我知道。」謝映登叫聲：「程哥！兄弟那年在江都考武❻時，叔父度去成仙。今有真主被番兵圍困木楊城，特奉師父渡你出關，故此

❻ 江都考武：事見說唐。隋末，天下大半俱屬反王，隋煬帝降旨，召集各路反王齊聚揚州演武，設下埋伏，欲全殲各路反王。江都，揚州別名。

喚你醒來。」咬金大喜，見斧頭馬匹多在面前，便說：「謝兄弟，你果是仙家了麼？我老程同你去為了仙罷。」映登說：「程哥，又來了！我兄弟命中該受清福，所以成了仙。你該輔大唐，享榮華。況且天子又被困在木楊城，差你往長安討救，你若為了仙，龍駕誰人相救？」咬金說：「不妨！徐二哥對我講過的，若死在番營，封我天下都土地。如今同你做了仙，只道我死了，照舊封我。」映登說：「既要為仙，吃三年素，方度你去。」程咬金聽說要「吃三年素，方度為仙」這句話，便說：「阿呀，這個使不得！素是難吃的。」映登說：「好孽障，還虧你講，後面番兵追來了！」咬金回頭一看，映登化作清風就不見了。

連忙立起身來，團團一看，前面是雁門關，心中大喜：「如今一字並肩王穩穩的了！」把盔甲放下，打好盔囊，連兵刃鞘在馬上，換了紗貂，穿一領蟒袍金帶，背旨意，跨上馬，過了雁門關，一路竟奔長安，我且慢表。

單講木楊城諸將，見程咬金殺入番營，營頭不亂，大家放心不下，說是：「軍師大人，方才程將軍委實年高，無能去踹番營。原算屈他出城討救，今番營安靜，程將軍人影全無，這怕一定多凶少吉的了。」茂公說：「不妨，程將軍此去，自有仙人助救，早已出了雁門關，往長安去了。」天子說：「有這樣快麼？」茂公說：「非是馬行的，乃仙人度去，所以有這樣速撇。」朝廷大喜，說：「但願程王兄出了雁門關，救兵一定到了。」

不表君臣們回到銀鑾殿之事。再講程咬金，他背了旨意，一路下來，救兵如救火，日夜趲行，逢山不看山景，遇水不看釣魚，一路上風慘慘，雨悽悽，過了河北幽州、燕山一帶地方，又行了十餘天。這一日，到了大國長安，日已正午時了。程咬金把馬蕩蕩，行下來數里之遙，只看見前面來了一個頭上翡翠紮巾，身穿大紅戰襖，腳下烏靴，面如紫色，兩眼銅鈴，濃眉大耳，海下無髯，鋼牙闊齒，身長八尺，年紀只好十六七歲，好似飲酒醉的一般，打斜步蕩下來的。

那人行不數步，翻身跌下塵埃，慢騰騰扒起身來，說是：「什麼東西，絆你老子一交！」睜眼看時，卻見一塊大石頭，長有六尺，闊有二尺，厚有三尺，足有千斤餘外。他笑道：「原來是你絆我一交！我如今拿你到家中，去壓鹽虀菜❼。」程咬金聽見，說：「什麼東西，這個人想必痴獃的！這一塊石板，就是老程也拿不起！這人要拿回家去做塊壓菜石，不知他有多少氣力？待我瞧瞧他看。」咬金把馬攏住，只見那人站定了腳，把雙手往石底下一襯，用力一掙，拿了起來了。好英雄！面不改色，捧了石頭，走下數步，抬頭一看，喝聲：「呔！前面馬上的是什麼人？擅敢如此大膽，見了公子爺，不下馬來叩個頭！」

程咬金心中暗想說：「好大來頭！什麼人家兒子？擅敢在皇帝城外惡霸，連京內出入的官員多不認得的了！」說：「嘰！你是何等之人？敢口出大言！不思早早迴避，反在此討死招災？今旨意當面，口出不遜，罪刑不赦，立該家門抄滅！」那人大怒，說：「好強盜！擅敢冒稱天子公卿，反說公子爺惡霸！我父現在天子駕前為臣，可曉得小爺的利害？也罷，我將手中這塊石頭丟過來，你接得住，就是大唐臣子。若接不住，打死你這狗強盜，也沒有罪的！」說罷，把石一丟，直望程咬金劈面門打下來。

那曉底下這一騎馬，飛身直跳，把咬金跌在那一旁，石頭墜地。連忙扒起身來，說：「住了！你家既是朝廷臣子，難道我與唐魯國公豈有不認得的哩？」那少年聽見，嚇得魂不附體，倒身跪下，說是：

❼ 鹽虀菜：鹽醃酸菜。

「原來就是程伯父，望乞恕罪！」咬金說：「你父是誰人，官居何爵？」少年說：「伯父，我爹爹就叫定國公段志遠，現保駕掃北去了。小侄名叫段林。」咬金說：「原來是段將軍的兒子！念你年幼無知，不來罪你。你在何處吃了些酒？弄得昏昏沉沉，全不像官家公子，成何體面！」

段林叫聲：「伯父，今日同了眾弟兄在伯父家中小結義，所以飲醉。請問伯父，我爹爹與北番開兵，勝敗如何？」咬金說：「你爹爹？話也可慘！自從前日興兵前去，第一陣開兵，就殺掉了！」段林聽說，嚇得冷汗直淋，說：「我爹爹為國捐軀了？」段林哭那「爹爹阿」，不覺兩淚如珠。程咬金說：「不要哭，不要哭！也還好，虧得我伯父馬快，沖上前去，架開兵刀，斬了番將，救了你爹爹性命。」段林方住了哭，說：「好老獃子，原來是獃話！侄兒請問伯父，今日還是班師了麼？」咬金說：「不是班師！只為陛下被番兵圍困在木楊城，故爾命我前來討救。侄兒回去，快快備好馬匹、兵刃、盔甲等，明日你們小英雄就要在教場內比武了。」段林大喜道：「伯父要我們小弟兄前去掃北？這也容易。我們進城去。」

咬金同了段林進城分路，一個往自己府中，魯國公當日就到午門，駕已退殿回宮了。有黃門官抬頭看見道：「阿呀！老千歲，聖上龍駕前去掃北平番，可是班師了麼？」咬金說：「非也，快些與我傳駕臨殿，今有陛下急旨到了。」正是這一番非同小可，驚動這一班：

出林猛虎小英雄，個個威風要立功。

不知咬金見駕如何，且看下回分解。

第六回　程咬金長安討救　小英雄比奪帥印

詩曰：

咬金獨馬踹番營，隨騎塵埃見救星。
奉旨長安來考武，北番救駕顯威名。

黃門官聽見有皇上急旨降來，不知什麼事情，連忙傳與殿頭官鳴鐘擊鼓。內監報進宮中，有殿下李治，整好龍冠龍服，出宮升殿，宣進程咬金。俯伏塵埃，說：「殿下千歲在上，臣魯國公程咬金見駕。願殿下千歲，千千歲。」李治叫聲：「老王伯平身。」吩咐內侍取龍椅過來，程咬金坐在旁首。殿下開言，說：「王伯，孤父王領兵前去破虜平番，未知勝敗如何？今差王伯到來，未知降甚旨意？」程咬金說：「殿下千歲，萬歲龍駕親領人馬，前去北番，一路上殺得他勢如破竹，連打五關，如入無人之境。不想去得順溜了，倒落了他的圈套！他設個空城之計，徐二哥一時陰陽失錯，進得木楊城，被他把數十萬人馬圍住四門，水泄不通，日日攻打。番將驍勇無敵，元帥常常大敗，免戰牌高挑不收。他欲絕我城中糧草，有驚聖天子龍駕，所以老臣單騎殺出番營，到此討救。現有朝廷旨意，請殿下親觀。」驚得殿下出龍位，跪接父王旨意，展開在龍案上，看了一遍，說：「老王伯，原來我父王被困在木楊城內，命孤傳這班小王兄，在教場內考奪元帥，提調人馬，前去救父王。此乃事不宜遲！自古救兵如救火，老王伯與孤就往各府，通知他們知道，明日五更三點，進教場考選二路掃北元帥。」咬金說：「臣知道。」就此辭駕，出了午朝門，往各府內說了一遍。

來到羅府中，羅安、羅丕、羅德、羅春四個年老家人❶，一見程咬金，連忙跪地，說：「千歲爺保駕前去定北，為甚又在家中？幾時回來的？」咬金說：「你們起來，我老爺才到，老夫人可在中堂？」家人們說：「現在中堂。」咬金說：「你去通報，說我要見。」羅安答應，走到裡邊來，說道：「夫人，外面有程老千歲北番回來，要見夫人。」那位竇氏夫人聽見，說：「快些請進來。」羅安奉命出來，請進程咬金。

走到中堂，見禮已畢，夫人叫聲：「伯伯老千歲請坐。」咬金說：「有坐。」坐在旁首，開言說：「弟婦夫人在家可好？」夫人道：「托賴伯伯，平安的。聞伯伯保駕掃北，勝敗如何？」咬金說：「靠陛下洪福，一路無阻。」夫人說：「請問伯伯，為何先自回來，到舍有何貴幹？」咬金道：「無事不來造府。今因龍駕被番兵圍困在木楊城，奈眾公爺俱皆年老，不能衝踹番營，所以命我回長安，要各府蔭襲小爵主，在教場中考奪了二路定北大元帥，領兵前去，殺退番兵，救駕出城。」竇氏夫人聽說，叫聲：「伯伯，如此說起來，要各府公子爺領兵前去，殺退番兵，救駕出城，破虜平番？」咬金說：「正為此事，我來說與弟婦夫人知道。」

---

❶ 四個年老家人：羅家四名家將的名字，前後不一，如第十回，「羅丕」作「羅福」。

竇氏聽見，不覺兩眼下淚，開言說：「伯伯老千歲，為了將門之子，與王家出力，顯耀宗族，這是應該的。但我家從公公起，多受朝廷官爵，鞍馬上辛苦，一點忠心報國，後傷於蘇賊之手，我丈夫也死在他人之手，盡是為國捐軀，伯伯悉知。此二恨還尚未伸雪，到今日，皇上反把仇人封了公位，但見帝主忘臣之恩也！我羅氏門中，只靠得羅通這點骨肉，以接宗嗣。若今領兵前去北番，那些番狗好不驍勇，我孩兒年輕力小，倘有不測，傷在番人之手，不但祖父、父親之仇不報，羅門之後，誰人承接？」

程咬金聽說，不覺淚下，把頭顛顛，說：「真的！依弟婦之言，便怎麼樣？」夫人說：「可看先夫之面，只得要勞伯伯老千歲，在殿下駕前啟奏一聲，說他父親為國亡身，單傳一脈，況又年紀還輕，不能救駕，望陛下恕羅門之罪。」咬金說：「這在我，容易，容易！待我去奏明便了。請問弟婦夫人，侄兒為甚不見，那裡去了？」夫人叫聲：「伯伯老千歲，不要說起！自從各位公爺保駕去掃北平番後，家中這班公子，多在教場中相鬧。後來稱了什麼秦黨、蘇黨，日日在那裡耍拳弄棍，原扯起了旗號，早上出去，一定要到晚間回來。」程咬金說：「什麼叫做秦黨、蘇黨？」夫人說：「那蘇黨就是蘇賊二子，滕賢師三子，盛賢師一子，六人稱為蘇黨。秦黨就是秦家賢侄，與同伯伯的令郎，我家這個畜生，還有段家二弟兄，五人稱為秦黨。」咬金說：「嚇！有這等事？這個須要秦黨強蘇黨弱才好。」夫人說：「伯伯老千歲，他們在家尚然如此作為，若是聞了此事，必然要倔強去的，須要隱瞞我孩兒才好。」咬金說：「弟婦之言不差。我去了，省得侄兒回來見了，反為不便。」夫人說：「伯伯慢去，萬般須看先人之面，有勞伯伯在駕前啟奏明白。」咬金流淚道：「這個我知道，弟婦請自寬心。可惜我兄弟死在蘇賊之手，少不得慢慢我留心，與侄兒同報此仇，我自去了。」夫人說：「伯伯慢去。」程咬金走出來，說：「羅安，倘公子爺回來，不要說我在這裡。」羅安應道：「是，小人知道，千歲爺慢行。」咬金跨上雕鞍，才離得羅府，天色已晚。見那一條路上來了一騎馬，前面有兩個人，拿了一對大紅旗，上寫「秦黨」二字，後有一位小英雄，坐在馬上，頭上邊束髮鬧龍亮銀冠，面如滿月相同，身穿白綾跨馬衣，腳蹬皂靴，踏在鞍橋❷，蕩蕩然行下來了。程咬金抬頭看見，說：「羅通賢侄來了，不免往小路去罷。」

程咬金避過羅通，竟抄斜路，回到自己府中。有家人報與裴氏夫人知道，夫人連忙出接，說：「老將軍回來了麼？」咬金說：「正是，奉陛下旨意，回來討救。」夫妻見禮已畢，各相問安。裴氏夫人叫聲：「老將軍，陛下龍駕前去征剿北番，勝敗如何？」咬金道：「夫人，不要說起！天子龍駕被北番兵困木楊城，不能離脫虎口，故爾命我前來討救。」夫人說：「原來如此。」吩咐擺宴。裡面家人端正酒筵。

夫妻坐下，飲過數巡。咬金開言，叫聲：「夫人，孩兒那裡去了？為什麼不來見我？」夫人說：「老將軍，這畜生真正不好！日日同了那些小弟兄在教場內，什麼秦黨、蘇黨，一定要到天晚方回來的。」咬金說：「好！正是將門之子，要是這樣的。」外邊報道：「公子爺回來了。」程咬金抬頭一看，外邊程鐵牛進來了。他生來形相與老子一樣的，也是藍靛臉，古怪骨，銅鈴眼，掃帚眉，獅子鼻，兜風耳，闊口撩牙❸，頭上皂綾抹額❹，身穿大紅跨馬衣，走到裡邊，說道：「母親，拿夜膳來吃！」咬金說：

---

❷ 鞍橋：亦作「鞍轎」，即馬鞍。其拱起處形似橋，故稱。

❸ 撩牙：即獠牙。

「哂！畜生！爹爹在此。」程鐵牛一看，說：「咦，老頭兒，你還不死麼？」咬金喝道：「噷！小畜生，前日為父教你的斧頭，這兩天可在此習練麼？」鐵牛說：「爹爹，自從你出去之後，孩兒日日在家習演，如今斧法精通的了。爹爹你若不信，孩兒與你殺一陣看。」咬金說：「畜生，不要學我為父，獃頭獃腦！拿斧子來，耍與父親瞧瞧看。」鐵牛道：「是。」提過斧子，就在父前使起來了。只看見他：

左插花，右插花，雙龍入海。前後遮，上下護，斧劈泰山。左蟠❺頭，右蟠頭，亂箭不進。攔腰斧，蓋頂斧，神鬼皆驚。

好斧法！咬金大喜，說：「我的兒，這一斧『二鳳穿花』，兩手要高哪。這一斧『單鳳朝陽』，後手就要低了。蟠頭要圓，斧法要泛。這幾斧，不差的。」

程鐵牛耍完了斧，叫聲：「爹爹，孩兒今日吃了虧。」咬金說：「為什麼吃了虧？」鐵牛說：「爹爹，你不知道，今日蘇麟這狗頭，擺個『獅子拖毬』勢。羅兄弟叫我去破他，我就做個『霸王舉鼎』，雙手攩❻將進去，不知被手一剌❼，跌了出來。破又破不成，反跌了兩交！」程咬金說：「仍有你這樣不

---

❹ 抹額：束在額上的頭巾。
❺ 蟠：音ㄆㄢˊ。盤曲；盤結。
❻ 攩：音ㄉㄤˇ。同「擋」。
❼ 剌：音ㄌㄚˊ。拉折。

爭氣的畜生，把為父的威風多喪盡了！這一個『獅子拖毬』勢，有甚難破？跌了兩交！不要用『霸王舉鼎』的，只消打一個『黑虎偷心』，就地滾進去，取他陰囊，管叫他性命頃刻身亡了。」鐵牛道：「爹爹，不要管他！待孩兒明日去殺他便了。」咬金說：「唗！胡言亂道！今夜操精斧法，明日往教場比武，好奪二路掃北元帥印，領兵往北番救駕。」鐵牛大悅道：「阿唷，快活！爹爹，明日往教場比武，這個元帥一定我要做的噓！」咬金道：「這個不關為父之事，看你本事起！且到明日，往教場再作道理。」

不表程家父子之事，要講那羅通公子到了自家門首，滾鞍下馬，進入中堂，說道：「母親，孩兒在教場中，聞得我父王龍駕，被番兵圍住木楊城，今差程老伯父回來討救，要各府蔭襲公子，在教場中奪了元帥，領兵前去，救駕征番。所以回來說與母親知道。父王有難，應該臣兒相救。明日，孩兒必要去奪元帥做的。」夫人道：「哇，胡說！做娘的尚且不知，難道倒是你知道？自從陛下掃北去後，日日有報，時時有信，說一路上殺得番兵勢如破竹，如入無人之地，接連打破他五座關頭，盡不用吹灰之力，何曾說起駕困木楊，差程伯父回來討救？你那裡聞來的？」羅通說：「母親，真的。這事秦懷玉哥哥對我說的：『方才程伯父在我家，要我明日考中了二路定北元帥，領兵往北番救駕。』所以孩兒得知。」夫人說：「嚇，原來如此阿。我兒，他們多是年紀長大，況父又在木楊城，所以膽大前去。你還年輕少小，鎗法不精，又無人照顧，怎生去得？陛下若要你去，程伯父應該到我家來說了。想是不要你去，所以不來。」羅通說：「噯，母親，又來了！孩兒年紀雖輕，鎗法精通！就是這一班哥哥，那一個如得孩兒的本事來？若到木楊城，怕秦家伯父不來照管我麼？況路上自有程伯父提調。母親放心，孩兒一定要去。」

羅通說了這一番，往房中去了。竇氏夫人眼淚紛紛，叫丫環外面去喚羅安進來。丫環奉命往外，去不多時，羅安走進裡邊，說道：「夫人喚小人進來，有何吩咐？」竇氏夫人說：「羅安，你是知道的，我羅家老將軍、小將軍，父子二人，多是為國捐軀的。單生得一位公子，要接羅門之後。誰想朝廷有難，要各府蔭襲小爵主前去救駕。我孩兒年紀還輕，怎到得這樣險地？所以今日已托程老千歲，在駕前啟奏。奈公子爺少年心性，執法要去。所以喚你進來商議，怎生阻得他住才好！」羅安說：「夫人，容易。明日他們五更就要在教場比武的，不如備起暗房之計來。」夫人道：「羅安，什麼叫做暗房之計？」羅安道：「夫人哪，只消如此如此，甚般甚般，瞞過了飯後，他們定了元帥，公子爺就不去了。」夫人說：「倒也使得。」吩咐丫環們：「今夜三更時，靜悄悄整備起來。」丫環們奉命。

不表羅府備設暗房之計，要講羅通公子吃了夜膳，走到外面，說：「羅安，今夜看好馬匹鞍轡等項，鎗鐧❽兵器。明日清晨，孤家起身，就要去的。」羅安應道：「是，小的知道。」這時候，各府內公子多在那裡整備鎗刀馬匹了。其夜之事，不必細表。

到了五更天，多起身飽餐過了。午朝門鳴鐘擊鼓，殿下李治出宮上馬，出了午門，有左丞相魏徵，保殿下來至教場內。那邊魯國公程咬金也來了，同上將臺，把龍書公案❾擺好，三人坐下，把這顆帥印并丈二紅羅❿、兩朵金花，放好在桌上。只看見那一首各家公子爺多來了，也有大紅紮巾，也有二龍抹

❽ 鐧：音ㄐㄧㄢˇ。鞭類兵器，長而無刃，有四棱，上端略小，下端有柄。

❾ 龍書公案：即御案，又稱「龍書案」。公案，辦公桌，亦指官府案牘，後泛指案件、糾紛。

❿ 紅羅：紅色的輕軟絲織品。

額，也有五色將巾，也有鬧龍金冠，也有大紅戰襖，也有白綾跨馬衣，也有身騎紫花駒、白龍駒、烏騅駒、雪花馬、胭脂馬、銀鬃馬，也有大砍刀、板門刀、紫金鎗、射苗鎗、烏纓鎗、銀纓鎗。好將門之子！這一班小英雄來到將臺前，朝過了殿下千歲。李治開言叫聲：「諸位王兄，孤父王有難在北番，今差程老王伯前來挑選二路定北元帥，好領兵往北番救駕。如有能者，各獻本事，當場就掛帥印！」

說言未了，那一旁有個公子爺出馬，叫聲：「爹爹，我的斧子利害，無人所及，元帥該是我的！」忽聽又有一家公子喝聲：「嘁！程家哥哥，你休想！元帥留下來！」那位小英雄說罷，沖過來了。你道什麼人？卻是滕賢師長子滕龍。程咬金說：「不必爭論，下去比來！能者為帥！」把眼一丟，對自己兒子做個手勢說：「殺了他。」鐵牛把頭顛顛，說：「容易！」「嘁！滕兄弟，你本事平常，讓我做了罷！」滕龍說：「鐵牛哥哥，慣講大話！放馬過來，與你比試！」鐵牛說：「如今奉皇上旨意，在此挑選能人，若死在我斧子下，不償命的。」滕龍說：「這個自然。」把手中兩柄生鐵錘，在頭上一摩，往鐵牛頂梁上蓋將下來。鐵牛也把手中宣花斧「噶啷」一聲，架在旁首。沖鋒過去，兜轉馬來，鐵牛把斧一起，望滕龍瞎綽一斧，砍將過去。滕龍把雙錘架開。二人大戰六個回合。原算鐵牛本事高強，滕龍錘法未精，被鐵牛把斧逼住，只見：

上面「摩雲蓋頂」，下邊「枯樹蟠根」，左邊「丹鳳朝陽」，「二鳳穿花」，「雙龍入海」，「獅子拖毬」，「烏龍取水」，「猛虎搜山」。

好斧法！喜得程咬金毛骨酥軟，說道：「魏大哥，這些斧法，多是我親傳的！」魏徵微笑道：「果然好，世上無雙。」不表臺上之言，單講滕龍被鐵牛連剁幾斧過來，有些招架不住，只得開言，叫聲：「程哥住手，讓你做了元帥罷！」鐵牛說：「怕你不讓？下去！」滕龍連忙閃在傍首。鐵牛上前，說道：「爹爹，拿帥印來！拿帥印來！」

忽聽英雄隊裡大叫一聲：「嘰！程鐵牛，休得逞能，元帥是我的！」程咬金望下一看，原來是蘇定方次子蘇鳳，便叫：「我兒，放些手段，殺這狗頭！」鐵牛顛顛頭，便說：「嘰，蘇鳳小狗頭！你本事平常，讓我做了元帥，照顧你做個執旗軍士！」蘇鳳說：「啡，鐵牛！不必多言，放馬過來！」他把手中紅纓鎗串一串，直望鐵牛劈面門挑將進來。程鐵牛把斧架開，一個「摩雲蓋頂」，也望他頂梁上劈將下來。蘇鳳把鎗急架忙還，二人戰到八個回合，蘇鳳鎗法精通，鐵牛斧法慌亂，要敗下來了。程咬金說：「完了，獻醜了！好畜生，使些什麼來！」魏徵說：「這些斧法，也是你親傳的？」程咬金心中不悅。底下鐵牛見蘇鳳鎗法利害，只得把馬退後，說：「小狗頭，我不要做元帥了，讓你罷。」蘇鳳大悅，便上前叫聲：「程伯父，帥印拿來與我！」

程咬金最怪蘇家之後，不願把帥印交他。正在疑難，只見那旁邊又閃出一家公子爺，大叫一聲：「蘇鳳，休得誇能，留下元帥來我做！」蘇鳳回頭一看，原來是段志遠的長子段林，便說：「嘰！段兄弟，你年紀還輕，鎗法未精，休想來奪元帥印！」段林說：「不要管，與你比比手段看！」他把手中銀纓鎗緊一緊，直望蘇鳳劈前心挑進來。蘇鳳手中鎗忙架相還。二人戰到五個回合，段林鎗法原高，逼住蘇鳳，殺得他馬仰人翻，正有些招架不定。程咬金說：「好阿，強中更有強中手！他只為殺敗我的兒子，逢了段林，就要敗了。這個人原利害的！就是掇⓫石頭的朋友。」只見蘇鳳鎗法混亂，看來敵不住段林，只得叫聲：「段兄弟，罷了，讓你為了元帥罷。」段林說：「既然讓我，退下去！」蘇鳳閃在旁首。正是：

英雄自古誇年少，演武場中獨逞能。

畢竟這元帥印誰人奪，且看下回分解。

⓫ 掇：音ㄉㄨㄛˊ。挪；搬取。

第七回　老夫人訴說祖父冤　小羅通統兵為元帥

詩曰：

興唐老將向傳名，世襲公侯啟後昆❶。
比武教場誰不勇，龍爭虎鬥盡稱能。

那番驚動了蘇家長子蘇麟，把大砍刀一起，沖過馬來，喝聲：「段兄弟，元帥應該我做！你還年輕，休奪為兄帥印！」段林說：「英雄出在少年！什麼叫年輕？照我的鎗罷！」「插」一鎗，兜著咽喉刺進來。蘇麟說：「來得好！」把大砍刀「噹啷」一聲響，鉤在旁首，摩轉刀來，望段林一刀砍過去。段林把鎗架開，二人不及三合，被蘇麟劈面門一刀斬過來，段林招架不及，只得把頭偏得一偏，刀尖在肩膀上著了傷，喊聲：「阿唷！好小狗頭，你敢傷我！」蘇麟說：「兄弟，得罪你的，退下去！」段林只得閃在旁首。蘇公子上前叫聲：「老伯父，帥印拿來與小侄！」

只聽得又有英雄出來說：「嘁！帥印留下，待為兄的來取！」蘇麟回頭一看，原來是秦元帥之子秦

❶ 後昆：後嗣；子孫。

懷玉。蘇麟哈哈大笑，說：「你鎗法未高，說甚元帥！」秦懷玉道：「與你比試便了！」把手中紫金鎗串一串，望蘇麟照面門「颼」的一鎗挑進來。蘇麟把刀架在旁首，馬打交鋒過去，絲繮兜轉回來。蘇麟回首一刀，望懷玉頂梁上砍下來。懷玉把紫金鎗攔在一邊。二人殺得九合，不分勝敗。正是：

棋逢敵手無高下，將遇良材一樣能。

卻正戰個平交。這蘇麟手中刀：

上使雪花蟠頂，下砍龍虎相爭。左邊風雲齊起，右邊獨角成龍。那一刀，劈開雲霧漫；這一刀，剁下鬼神驚。跨馬刀，刀光閃電；連三刀，刀耀飛雲。

好刀法！懷玉那裡懼你：

把手中鎗緊一緊，梅花片片；串一串，鎗法齊生；慢一慢，鎗光蔽日；案一案，天地皆驚。

好鎗法！二人不分高下，大戰教場，我且不表。

還有那羅公子，不道他被羅安設個暗房之計，阻在房中，到底年紀還輕，不知細情，還在房中睡著。

那個羅通公子，在床榻上翻身轉來，望外一看，原是烏黑赤暗，在此說：「這也奇了！為什麼今夜覺得這等夜長，睡了七八覺，還未天明？不免再睡一覺。」羅通安心熟睡。

只聽遠遠鼓炮之聲，有那些百姓在羅府門前經過，說：「哥哥慢走，兄弟與你同去看比武。」羅通睡夢中聽得仔細，連忙床上坐起身來，聽一聽看，只聽隱隱戰鼓，發似雷聲，急得羅通心慌意亂，說：「不好了！為何半夜就在那裡比武？我還困懞懞在此睡覺，只怕此刻，元帥必然定下了！」連忙穿了大紅裩❷褲，披了白綾跨馬衣，統了一雙烏緞靴，走到門首，把門落下，扳一扳房門，外面卻被羅安鎖在那裡，動也不動。

羅通著了忙，雙手用力一扯，括喇一聲響，把二扇房門，連上下門檻多扳脫了！望旁首一撩❸，跨出門來，說：「阿唷，完了！日頭正午時了！」那曉他們設此暗房之計，多用這些被單、氈毯、衣服、布絹，把那些門縫窗櫺，多閉塞滿了，所以烏暗不透亮光的。這番氣得羅通面上變色，說：「好阿！你們這班狗頭，少不得死在後面！」說了一句，望外面走了。牽過一騎小白龍駒，跨上雕鞍，把銀纓梅花鎗拿在手中，好看得緊！也不包巾紮額，禿了這個頭，也不洗臉，出了兩扇大門，催開坐下馬，竟望教場中去了。羅安進內稟道：「夫人，公子爺去了。」竇氏夫人說：「羅門不幸，生了這樣畜生！不從母訓，身喪外邦，由他去罷！」

不表羅府之言，單講羅通來到教場中，見秦懷玉勝了蘇麟，正在那裡要掛帥印。羅通大叫：「秦家

---

❷ 裩：音ㄎㄨㄣ。同「褌」。褲子。

❸ 撩：同「撂」。放；丟。

哥哥，留下元帥來與小弟做罷！」程咬金在臺上一看，原來是羅通，說：「這小畜生，又知道了！」秦懷玉笑道：「兄弟，為兄年長，應該為帥。你尚年輕，曉得什麼來？」羅通道：「哥哥，兄弟雖則年紀輕，鎗法比你利害些。就是點三軍，分隊伍，掌兵權，用兵之法，兄弟皆通，自然讓我為帥。」秦懷玉說：「不必逞能，放馬過來！當場與你比試，勝得為兄的鎗，就讓你！」羅通攢竹❹梅花鎗緊一緊，直取懷玉，懷玉手中鎗急架相還。二人戰了四合，秦懷玉鎗法雖精，到底還遜羅家鎗幾分，只得開口叫聲：「兄弟，讓了你罷！」羅通大悅，說：「諸位哥哥們，有不服者，快來比武！若無人出馬，小弟就要掛帥印了！」連叫數聲，無人答應。

羅通上前叫聲：「老伯父，小侄要掛帥印。」程咬金說：「你看看自己，身上衣服不曾整齊，像什麼樣！須要結束裝扮，好掛帥印。家將過來，取衣冠與公子爺裝束！」那家將答應，忙與羅公子通身打扮好了，就在當場掛帥印。殿下李治親遞三杯御酒，說道：「御弟領兵前去，一路上旗開得勝，馬到成功！救了父王龍駕回來，得勝班師，其功非小。」羅通謝恩。這一首程咬金說：「殿下千歲，救兵如救火。速降旨意，命各府爵主，明日教場點起人馬，連日連夜，走往番邦，救陛下龍駕要緊。」殿下道：「老王伯，這個自然。」李治殿下就降旨意。這些各府公子爺，回家多要整備盔甲。魏徵保住殿下，回到金鑾殿，不必表。

單表羅通威威武武，回到家中。下了雕鞍，進入中堂，說道：「母親，孩兒奪了元帥，明日就掌兵權，要起大隊人馬，前去破虜平番了！」夫人大怒，說：「哇！好不孝的畜生！做娘昨日怎麼樣對你說？

❹ 攢竹：由削竹膠合而成的棒、柄。

你全然不聽做娘的教訓，必要前去奪什麼元帥，稱什麼英雄！自古說強中更有強中手，北番那些番狗，多是能征慣戰，你年輕力小，幹得什麼事！我且問你，你祖父、父親，為甚而死的？」羅通說：「阿呀！孩兒年幼，未知我祖父、父親怎樣死的。」夫人大哭，叫聲：「我兒，你祖父、父親這樣英雄，多死於非命，也是為國捐軀的。」

羅通大哭，說道：「母親，我祖父、父親死在何人之手？遭甚慘亡？」夫人大哭道：「阿呀，我兒！你若不領兵前去，做娘對你說明，後來好洩此恨！若要前去破關救駕，只恐畫虎不成反類其犬，為娘到也難對你說明。」羅通說：「阿呀，母親又來了！為人子者，理當與父報仇！母親說與孩兒知道，此番領兵前去，先報父仇，後去救駕。」夫人說：「兒阿，你既肯與父報仇，不消問我。」羅通道：「母親叫孩兒問那一個？」竇氏說：「你明日興兵往北番，須問魯國公程老伯父，就知明白。報仇不報仇，也由你！」羅通說：「母親，孩兒問了程伯父，不取仇人首級前來見母親，也算孩兒真不孝了！」

其夜羅通心中納悶。到五更天，有各府公子爺，多是戎裝披掛，結束齊整，齊到教場中聽令。羅通頭帶閙龍束髮亮銀冠，雙尾高挑，身披鎖子銀絲鎧，背插四面顯龍旗，上了小白龍駒，手提攢竹梅花鎗，後邊一面大纛，旗上書「二路定北大元帥羅」，好不威風！來到教場，諸將上前打拱已畢，點清了三十萬大隊人馬。羅通命蘇麟、蘇鳳二弟兄先解糧草而行。程鐵牛領了三千人馬，為前部先鋒，逢山開路，遇水疊橋。後面羅通祭旗過了，放炮三聲，擺齊隊伍，眾小爵主保住了元帥羅通、程咬金老千歲，一同望北番大路而行。只見：

旗旌隊隊日華明，劍戟層層亮似銀。
英雄盡似天神將，統領貔貅❺隊伍分。

這三十萬人馬，望河北幽州大路而進。不覺天色已晚，元帥吩咐安下營寨，與程老伯父在中營飲酒。忽想起家內母親之言，連忙問道：「老伯父，小侄有一句話要問伯父。」咬金說：「賢侄要問我什麼事？」羅通道：「老伯父，我侄兒年幼，當初不曾知道我父親怎生樣死的。到今朝，考了二路定北元帥，要去救父王龍駕，母親方泣淚對我講，說祖父、父親多是為國身亡，死於非命。那時我問死於何人之手，待孩兒好去報仇。誰知我母親不肯對我說明，叫我來問伯父，就知明白。故此小侄今夜告知伯父，望伯父說明，我好與父報仇。」

咬金聽說，頃刻淚如雨下，說：「嚇，原來如此！好難得侄兒有此孝心，思想與父報仇，這是難得的。說也慘然，可憐你祖父、父親，多遭慘死。」羅通大氣，說：「伯父，我父親喪在那個仇人之手，快對小侄說明！」咬金噎住喉嚨，紛紛下淚，說不出來了，叫聲：「侄兒，休要悲啼，你既有此心，今夜且不要講，且破了番兵，然後對你說明。」羅通道：「伯父，為什麼呢？」咬金說：「侄兒，你今第一遭為帥出兵，萬事盡要丟開，必須尋些快樂才好。若如此煩惱悲傷，恐出兵不利。」羅通道是：「待小侄進了北番關寨，對我說便了。」其夜一宵過了。明日清晨，發炮抬營，過了河北一帶地方，竟望雁門關去。非一天之事，我且不必表他。

❺ 貔貅：音ㄆㄧˊ ㄒㄧㄡ。兩種猛獸。比喻勇猛的戰士。

單講羅府中還有一位二公子，年方九歲，力大無窮，生來唇紅面白，鳳眉秀眼，還是一個小孩童，有兩柄銀錘，倒使得來神出鬼沒，人盡道他是裴元慶轉世，卻是羅安老家人親生的。竇氏夫人見他英雄，過繼為二公子，取名羅仁，待他勝似親生一般。弟兄情投意合，極聽母親教訓。若說他本事，利害不過，各府的公子沒有一個及得他來！要在外邊闖禍，做個小無賴，百姓會齊了，多到羅府中叫冤，所以夫人將二公子禁鎖書房，不許出門闖禍。若說這位公子，鎖得他住？因母親之法，不敢倔強，憑你大大的胡桃鏈，也有本事拿將來裂斷了！鎖在書房，一月有餘。

這一日，來了兩個丫環，一個執壺，一個拿了一盤點心，送來與公子吃。羅仁公子笑嘻嘻說道：「丫環，我要問你，這兩天哥哥不進來望望我，卻是為何？」丫環說：「公子，你難道不知道麼？前日萬歲爺平番，被困木楊城，程老千歲到來討救，要各府公子爺考了二路元帥，前去救駕，所以大公子爺領兵定北去了，不在家中，故此不進書房探望。」羅仁說：「他幾時去的？」丫環說：「有三天了。」羅仁說：「何不早報我得知？我最喜殺番狗的！拿了點心去！」立起身，把頸中鏈子裂斷了，拿了兩柄銀錘，往外就走。丫環慌忙叫道：「公子爺那裡去？去不得的，夫人要打的！」羅仁那裡肯聽，出了門去了。

兩個丫環連忙進來，說：「夫人，不好了！二公子聞了大公子領兵定北，也要去殺番狗，拿了錘，一竟去了！」夫人聽見，大罵道：「你兩個賤婢，誰要你們多舌去講！如今怎麼樣？外邊快叫羅德、羅春、羅丕，去尋他轉來！」丫環應道：「是，曉得。」連忙到外邊傳話。幾個家將隨即出門，四下去尋，且慢表。

再講那公子羅仁，長安城中走慣的，倒也認得。出了光泰門，就不認得路了。在那裡東也觀，西也望，來往的人，多是認得羅府二公子的，開言問：「二公子，你要往那裡去？」羅仁說：「我要去殺番狗，你們可是番狗麼？吃我一鍾！」眾人說：「噯，噯，二公子！我們不是番狗。」羅仁道：「既如此，番狗在那裡？」眾人說：「北番的番人，路遠哩！你小小年紀，怎生去得！」

正講之間，後面四個家將趕上來，叫聲：「二公子，夫人大怒！道你不聽母訓，私自出來，要打，在那裡。快些回去！」羅仁說：「你們要死呢要活？」四個家將道：「公子，又來倔強了！夫人叫我來尋你的，死活便怎麼樣？」羅仁說：「要死，你們領我回家去。要活，你們同我到哥哥那裡去。」四個家人到有些膽脫，猶恐他認真打一鍾來，只得說道：「公子既要到哥那裡去，也要同我回家，辭別了夫人，發些盤纏行李，也是要的。」羅仁說：「既如此，你們去拿了來，代我向母親面前說一聲，我在這裡等你們。」家將說：「公子，同去的是。」羅仁說：「我若回家，母親阻住，不容來的。」家將道：「如此，公子不要走開了。」羅仁說：「不走開的，我在這裡等。」

四個家將連忙進城，來到府中，說：「稟上夫人，公子不肯回來，要往哥哥那邊去，使我們回來說與夫人知道，要些盤纏，同上北番。」夫人說道：「這個畜生，也這樣倔強！也罷！羅安，你們帶些盤纏，領了這小畜生，隨便那裡，走這麼兩三天，只說道尋不見哥哥，回去罷，帶他回來便了。」羅安道：「曉得。」拿了盤纏，來到城外。二公子見了，說：「羅安，你們來了麼？可對母親說麼？」羅安說：「夫人到肯發盤纏，叫我們小心伏侍二公子前去。」羅仁大喜，說：「好母親！快些領我去尋哥哥。」家將說：「倘然尋不見大公子，要回家的。」羅仁年紀雖輕，倒也乖巧，說：「羅安，著你們身上尋還哥哥。若五六天不見，管叫你四人性命難保！」家將聽說，心中想道：「看來，到要同他尋著的了。」

不表羅仁在路之事。再講先鋒程鐵牛，領了三千人馬，出了雁門關，前面有座高山，名曰磨盤山。只聽得山上一聲鑼響，程鐵牛坐在馬上說：「前面高山上有鑼聲，必有草寇下來，爾等須要小心。」說聲未了，山上數十嘍囉下山來了！沖出一個大王，年紀還輕，十分兇惡，漆臉烏眉，怪眼獅口，身穿紅銅甲，熟鐵盔，騎一匹斑豹馬，手揣著兩柄混鐵解花斧，化落落沖下山來，大叫一聲：「打我前山過，十個頭兒留九個，若還沒有買路錢，叫你插翅難飛過！快快留下買路錢來，放你過山去！」鐵牛一見，暗笑：「大膽的狗強盜！怎麼天兵到來，也要買路錢的？」把斧一起，沖上前來，喝聲：「狗強盜！你敢是吃獅子心、大蟲膽的麼？天兵到此，還不投服！」大王道：「呔，什麼天兵不天兵！我大王這裡，就是大唐天子打從此山經過，也要買路錢的。快快留下來，不然要取你命了！」鐵牛大怒，說：「我把你這該死的狗強盜開斧！還不好好下馬歸服了，同公子爺前去掃北平番就罷。若有半句推辭，惱了小爵主，殺上山來，把你們巢穴要剿個乾乾淨淨！」俞遊德大怒，說：「照斧罷！」直望程鐵牛面門上剁下來了。鐵牛說聲：「好！」把開山斧「噶啷」架開，交鋒過去，圈轉馬來，還轉一斧。二人大戰，在磨盤山下殺個平交。

俞遊德慣用腳踏弩，練得希熟的，卻把一張弩弓放在馬鐙子上。若逢驍勇之將，戰他不過，只要把腳板一鉤，發出箭來，要中那裡就是那裡，再不歪偏的。程鐵牛那裏知道？只顧上面兵器，不顧下面。戰到二十回合，俞遊德就發箭了，把腳板一鉤，一箭冒上，望程鐵牛面門上射來。程鐵牛叫聲：「不好！」把頭一偏，正中橫腮骨，直透耳朵根，去了一大片，血流滿面。帶轉馬頭，望後好走哩！俞遊德大笑道：「要打我山前過，必要買路錢，怕你飛了去？我大王爺守住在此！」

不表俞遊德阻住磨盤山，單講程鐵牛走不上三五十里，大隊兵馬來了。元帥羅通在馬上大驚，說：「老伯父，先鋒該當開路，為何反退轉來？」程咬金說：「不知，這小畜生！想必有綠林強盜擋路，也未可知。待他到來，問個明白就知。」正是：

憑君驍勇多能將，難避強徒腳踏弓！

要知收服磨盤山草寇，且聽下回分解。

第八回　羅仁私出長安城　鐵牛大敗磨盤山

詩曰：

小將如雲下北番，威風大戰白良關。
中軍帳內來托夢，怒斬蘇麟救駕還。

再講程鐵牛到了羅通馬前，說：「元帥，小弟奉令，前到磨盤山，被一個強盜阻住去路，小弟被他傷了一箭，幾乎性命不保，敗走回來，望元帥恕罪。」❶咬金說：「好畜生！個把強盜，殺他不過！若與番將打仗，只好敗的了。」羅通開言說：「程哥，強盜要買路錢，決非無能之輩。待本帥前去收服他。」鐵牛說：「他有腳底下射箭，須要防備。」羅通說：「我知道。」程咬金說：「不消賢侄去收伏他，待我去。」羅通道：「為甚有勞伯父去收服來？」程咬金說：「賢侄，你難道不知我是強盜的祖宗？他一見，自然就來歸順。」羅通大笑，吩咐催兵前進，望磨盤山殺來。

俞遊德帶了三百嘍囉，下山前來，喝聲：「快將一萬買路錢來，放你過去！沒有，須獻元帥首級過

❶ 再講程鐵牛等十句：此十句原本分置前後兩回，為便於閱讀，併為一處。

來！」驚動唐營，羅通大怒，同程咬金出營觀看。羅通端鎗，沖將過來：「嘰！狗強盜，敢阻本帥大隊人馬的去路麼？」俞遊德呼呼冷笑說：「我非擋你去路，只因山上欠糧，要借糧草一千或五百，以補過路之稅。」羅通道：「狗強盜！好好下馬，歸在本帥標下，饒你一死！若不肯，刺死本帥鎗尖之下，那時悔之晚矣。」俞遊德道：「我大王看你年輕力小，一定要來送死？照我的斧罷！」「噹」的一斧，砍將過來。羅通把鎗在斧子上「噶啷」一捲，俞遊德在馬上亂晃。一馬沖鋒過去，帶轉馬來。羅通把鎗緊一緊，喝聲：「照鎗罷！」直望俞遊德劈面門刺來。遊德喝聲：「不好！」把手中斧往鎗上抬得一抬，幾乎跌下馬來。被羅通搜搜搜，連挑數鎗，俞遊德那裡招架得定？把斧抬住：「嘰！慢著。」羅通是防備他的，見他住了馬，把鎗收在手，兩眼看定。那曉得俞遊德把腳一勾，喝聲：「看箭！」一箭直望羅通面門射上來。羅通說聲：「不好！」把右手往面上撈接在手，就把左手一鎗刺過來，正中馬眼，那馬嗚哩哩一叫，四足一跳，把俞遊德翻下馬來。唐營軍士把撓勾搭去綁了。嘍囉兵說：「不好了！二大王被他捉去了，我們快報上山大大王知道！」飛奔往磨盤山上去了。

羅通聽說：「什麼？還有大大王！等他一發擒了，好去定北救駕。」說猶未了，只見山中又有一位大王爺來了。生得來好可怕！只見他頭上翡翠紮巾，青皮臉，硃砂眉，一雙怪眼，口似血盆，獠牙四個露出，海下無鬚，也還少年。身穿青銅甲，左有弓，右有箭，手中端一根金頂槊❷，催開青騌馬，豁喇、豁喇喇，沖過來了。營門前有程咬金看見，心中想道：「這個強盜，單少了一臉紅鬚，不然與那個單雄信一般的了！這個面貌，果然無二。」

❷ 槊：音ㄕㄨㄛˋ。長桿矛。

那羅通把鎗一起，說：「好個大膽的狗盜！今日二路定北天兵到此，多要買路錢，領眾擋路，分明活不耐煩了！」那大王說聲：「呔！我大王爺與你們借貸糧草，沒有就罷了，你擅敢擒我兄弟俞遊德！好好送了過來，饒你一死！若有半聲倔強，管叫你性命頃刻身亡！」羅通呵呵大笑，說：「你口出大言，還不曉得我羅爺的鎗利害哩！」那大王聽說，喝道：「嘰！你可是大唐羅成之子麼？」羅通說：「然也！你既曉本帥，何不早早下馬歸正？」大王說：「阿呀，小賊種！你們是我殺父仇人！我在磨盤山上守之已久，不想今日撞著。我父有靈，取你之心，祭奠我父。如若不能，誓不為人立於世上！」

羅通聽說，倒嚇得頓口無言，呆住了。暗想：「我羅通乃是一家公爺，並未出兵，又不曾害人性命。今因父王有難在番營，故此領兵前去救駕，還只得初次出兵。他為何說起我是他殺父仇人起來？」那番問道：「嘰！本帥爺與你有什麼仇？你且說來。」大王道：「你難道不知我父叫單雄信？昔年與你父原是結義一番，後來我父保了東鎮洛陽王為臣，去攻打汴梁城，喪在羅成之手。到今朝，我思與父報仇，故此權在磨盤山上落草。雖則羅成已死，深恨難消！今日仇人之子在眼前，取你心祭父，總是一般！」羅通呵呵大笑道：「你原來就是單家哥哥！小弟不知，多多有罪。難得今日故舊相逢，萬千之幸！若說伯父身喪，與我爹爹無罪。自古兩國相爭，各為一主。伯父與爹爹戰鬥，一時失手，也算伯父命該如此。此乃誤傷，有什麼冤仇？哥哥這等執法起來！」

單天常聽了，豹跳如雷，怒罵：「殺父之仇，不共戴天！還有何說？不要走，照打罷！」就把金頂棗陽槊一起，「呼」，直望羅通頂上打來。羅通把手中鎗「噶啷」架定，說：「哥哥休要認真！這樣認真起來，報不得許多仇恨。若論金國敬、童倍芝❸二位伯父，被你爹爹擒去，釘手足而亡，也是結義好友，難道不算帳的麼？兩命抵一命，也算兌得過的了，何用哥哥再來報仇？過去之事，撇在一旁！如今小弟兄相逢，喜出萬幸。快快下馬，同小弟進營拜見程伯父，同往北番救駕，何等不美？」

單天常大怒，說：「有仇不報，枉做英雄！照打罷！」把金頂槊又打過來。羅通把鎗緊一緊，把他的棗陽槊逼在一旁，回手一鎗，望天常兜面挑將進來。單天常叫聲：「不好！」把手中槊往上「噶啷」一抬，這一抬，幾乎跌下馬來！羅通馬打交鋒過去，把天常夾腰只一把，說聲：「過來罷！」輕輕不費氣力，提過馬來，摟在判官頭❹上。帶轉馬，望營前來。

下馬竟入中營，說：「哥哥，如今還是同小弟去定北？還是怎樣？」天常心中想道：「我欲報父之仇而來，誰想反被他擒住！若不同他去，料然性命難保。不如從了他，說去平虜，或者早晚間下得手，殺了他，與父報仇，有何不美！」算計已定，說：「也罷，我願同前去定北。」羅通說：「哥哥，你若口是心非，立個誓來，小弟放心。」天常說：「元帥，又來了！我乃年少英雄，一言既出，駟馬難追！豈可在元帥面前謊言？若不信，我便立誓。若有口是心非，此番前去破虜平番，就死於敵人之手，屍骨不得回朝！」

羅通說：「哥哥真心太過！一同來見了程老伯父。」咬金說：「賢侄，你父在日，與我好兄弟，不幸他為國盡忠。難得侄兒長大，這金頂棗陽槊使得精通，實乃將門之子！為伯父見了你，也覺歡心。爾等那眾小弟兄過來，大家見了禮！」下面俞遊德綁縛在此，見單天常歸伏唐朝，開言叫聲：「單大哥，

---

❸ 金國敬、童倍芝：即說唐中的金甲、童環。金甲字國俊，童環字佩之。

❹ 判官頭：馬鞍前邊較高的部位。其上往往雕繪有判官圖像，故稱。

你從順了他，小弟綁在此，怎麼樣呢？」天常說：「元帥，俞遊德乃是我結義的好兄弟，望元帥放了他。」羅通說：「既是哥哥好友，就是小弟手足了。」過來放了綁。程咬金吩咐營中排宴，款待侄兒。其夜，小弟兄酒飯已畢，各自回營不表。

單講明日清晨，自思：「這兩個人，未必真心。若在旁邊，早晚之間，倘不防備，行刺起來，反為不美。不如差他兩個為先鋒，離了我身，就不妨得了。」算計已定，開言叫聲：「哥哥，本帥令箭一枝，你二人領了三千人馬，為前部先鋒，先往白良關。待本帥到了，然後開兵。」

單天常接了令箭，同俞遊德帶了人馬，竟往白良關。在路行了三天，到了白良關。吩咐放炮安營，候大兵到了，然後打關。俞遊德叫聲：「哥哥，今日天色尚早，不免待小弟出馬，討戰一番。」天常說：「兄弟，北番虜狗不是當耍的！既要出馬，務在小心。」俞遊德說：「不妨，兄弟有腳踏箭利害。」跨上馬，手端雙斧，沖到關前，大喝一聲，說：「關上的，報與主將知道，快快出來會我！」

小番報進關中。守將鐵雷銀牙，身長一丈，頭如笆斗，眼似銅鈴，上馬慣用一塊踹牌，猶如中國民間用的擀麵條擀板一般，止不過生鐵打就，一塊鐵牌有四尺長，三尺闊，五寸厚，沒有柄的，用一根橫撐把手，底面有二百隻鐵釘在上。若是鎗刺過來，只要把踹牌一掤，鎗多要拔出去的，回手打來，利害不過，有千斤多重，人那裡當得起！鐵雷銀牙算得北番天字號第一個英雄。正與諸將議論，忽小番報道：「啟上將軍，今有唐兵到了，有將在外討戰。」鐵雷銀牙呼呼大笑說：「該死的來了！」便把盔甲按好，上馬執牌，竟到關前，吩咐放炮開關。哄嚨一響，沖出關外。好一位番將！

俞遊德喝聲：「番狗！少催坐騎，快通名來！」鐵雷銀牙笑道：「你要問魔家之名麼？魔乃流國三川紅袍大力子大元帥祖麾下，加封鎮守白良關總兵大將軍，複姓鐵雷銀牙！」俞遊德說：「俺不曉得你無名之輩！今日大唐救兵已到，要把你北番人羊犬馬，殺個乾乾淨淨，踹為平地，做個戰場！好好下馬獻關就罷了，若有半句推辭，頃刻劈於馬下，悔之晚矣！」鐵雷銀牙聞言大怒，回說：「不必誇能，通下名來，本總兵好用手打你下馬！」俞遊德說：「你也來問俺的大名麼？我乃大唐二路元帥羅標下，加為前部先鋒俞遊德便是！」鐵雷銀牙呼呼大笑道：「原來是個無名的小卒！想是活不耐煩，來送死了！」俞遊德大怒，把斧砍來，說：「照爺的斧罷！」直望銀牙頭上砍來。銀牙叫聲：「來得好！」把手中這一扇踹牌，望斧子上「噶啷」一梟，那兩柄斧子多打在半空中去了。回轉馬來，說聲：「去罷！」再一踹牌打下來，俞遊德只喊得「阿呀」一聲，那裡躲閃得及？正被他打得在頭上，嗚呼哀哉，死於馬下！

單天常一見大哭：「我那兄弟阿，死得好慘！」催馬搖槊，沖上前來，說：「不要走！取你首級，與弟報仇！」銀牙說：「你快通名來，趁手中踹牌！」單天常道：「膚狗！你要問我名麼？我乃大唐二路元帥羅標下，前部先鋒單天常！你把我兄弟打死，照我傢伙罷！」把槊往頭上打來。銀牙把手中牌往棗陽槊上「噶啷」這一梟，單天常手鬆得一鬆，這一條棗陽槊往半空中去了！單天常嚇得呆了，被他復一踹牌，夾著背梁打下，哄嚨響，翻下馬來，伏惟尚饗❺了。眾兵見兩位先鋒俱喪，多望後面退走。銀牙呼呼大笑說：「原來多是沒用的先鋒！不夠我兩合，盡喪了性命。」說罷，帶轉馬進關中，吩咐小番，小心把守關門。此言不表。

❺ 伏惟尚饗：舊時用作祭文的結語，表示希望死者來享用祭品的意思。這裡用來指代死亡。伏惟，也作「伏維」，伏在地上想。下對上的敬辭。意思是念及、想到；希望、願望。饗，音ㄒㄧㄤˇ。同「享」。

單講二路元帥羅通領大兵而來，有軍士報進：「啟上元帥爺，俞、單二先鋒將軍，與白良關守將交戰，不上二合，多被打死了！」羅通聞報，吃驚道：「有這等事麼！可憐單家哥一家年少英雄，一旦屈死於他人之手！也算他命該如此。」說話之間，大兵已到白良關，就吩咐放炮安營。只聽哄嚨一聲，離關數箭❻，把三十萬人馬齊齊紮定營盤，按了四方旗號。此時天色已晚，諸將在中營飲酒。一宵無話。

再表來日清晨，大元帥打起升帳鼓，營中諸將多頂盔貫甲，進中營參見，站立兩旁。羅通開言說：「諸位哥哥，本帥有令箭一枝，誰人出馬前去討戰？」只聽應聲而出說：「小將程鐵牛願往。」元帥道：「既是程哥出馬，須要小心。」鐵牛道：「不妨。帶馬過來，抬斧！」手下答應齊備。程鐵牛按好頭盔，上馬提斧，炮響出營，豁喇喇，沖到關前來了。關頭上有小番一見，說：「唐營小將，少催坐騎，照箭！」那個箭，紛紛的射將下來。程鐵牛把馬扣定，喝道：「呔！關上的，快報主將，今有大唐救兵到了，速速獻關！」那一首報進來了：「啟上平章爺，關外有將在那裡討戰！」鐵雷銀牙說：「想必又是送死的來了！帶馬過來，抬牌！」小番應聲齊備。

銀牙立起身來，跨上雕鞍，手端踹牌，出了總府衙門，來到關上，望下一看，只見唐將怎生打扮？但見他頭戴開口獬豸烏金盔，身穿鎖子烏金甲，坐下一匹點子梨花馬，手端一柄開山斧，年紀還輕，只好二十餘歲。那銀牙就吩咐放炮開關，墮下吊橋。前有二十對大紅旛，左右番兵一萬，鼓嘯如雷，豁喇喇，一馬沖出關來會戰。那程鐵牛坐在馬上，見關中來了一將，甚是異相，喝聲：「住馬！」心中一想，道：「我兵器不知見了多少，不曾見這件牢東西。方方一塊，就是十八般武藝裡頭，那有什麼使踹牌的？

---

❻ 箭：表距離，箭能射到的距離。

真算番狗用的兵器了！」他就把斧一起，大喝一聲：「呔！今日小爵主領兵到此平番，斧法精通，十分利害！快快投降，免其一死。若不聽好言，死在馬下，悔之晚矣。」銀牙大笑道：「不必多言，通下名來！」鐵牛說：「你要問小將軍之名麼？我乃當今天子駕前魯國公程老千歲公子，大爵主程鐵牛！奉二路掃北大元帥將令，要你首級。也罷，照我的斧罷！」把馬一拍，一斧就砍下來。銀牙把手中牌「噶啷」一響相架。鐵牛喊聲：「不好！」幾乎跌下馬來。這斧子往自己頭上直掤轉來！豁喇一馬沖鋒過去，兜轉馬來，銀牙把踹牌一起，喝聲：「小蠻子，照打罷！」「當」，一牌打來。鐵牛把手中斧望上面這一抬，只見火星直冒，兩臂蘇麻，虎口多震開。帶轉馬，拖了斧子，說：「阿唷，好利害，好利害！」望營前敗走了。銀牙大叫說：「有能事的出來，沒用的，休來送命！」

少表這首誇能。再講程鐵牛進營，說：「元帥，番狗踹牌利害，小將敗了，望元帥恕罪！」羅通大怒，說：「好一個沒用匹夫，快退下去！」鐵牛唯唯而退。元帥又問：「誰能出馬？」秦懷玉道：「小將願往。」元帥道：「秦哥去，必能得勝！須要小心。」秦懷玉答應，吩咐帶馬抬鎗，頂盔貫甲，掛劍懸鐧，上馬豁喇喇沖出營門。銀牙一見，通名已畢，說道：「原來你是秦蠻子的尾巴！」懷玉道：「番狗！你既知小爵主大名，何不早早獻關投順？亦免要我公子出馬擒拿！」催一步馬，喝聲：「照鎗罷！」分心刺將進來。銀牙把踹牌「噶啷」一聲架開。懷玉把手中鎗這一縮，只多退了十數步，又是一個回合，衝鋒過去。戰到六七個回合，馬有五個沖鋒，秦懷玉那裡是番將對手？把鎗虛晃一晃，帶轉馬，豁喇喇望營前走了。

進入中營，說：「元帥，北番虜狗果然利害！小將不能取勝，望元帥恕罪。」羅通說：「哥哥，勝敗乃兵家之常！但這一座關不能破，怎生到得木楊城救駕？既如此，待本帥親自出馬。」整好盔甲，跨上馬，把定鎗，一聲砲響，鼓聲如雷，帶領人馬沖出營來，一字擺開。眾小爵主俱出營門掠陣。

那鐵雷銀牙見唐營衝出一員小英雄，匹馬當先，沖將過來。銀牙大喝一聲：「來將何名？」羅通說：「要問本帥之名麼？我乃太宗天子御駕前越國公羅千歲的爵主，乾殿下❼羅通是也！」銀牙聞言，不覺吃了一驚，心中想道：「這原來是當初羅藝之孫，諒必鎗法利害有名的！當年煬帝在朝平北，羅藝之子羅成，同表兄秦瓊來退我邦，殺得我元帥大敗，驍勇不過的！待我問他一聲看。」「嘸！來的可是羅成之子麼？」羅通道：「然也！本帥之名，揚聞四海。你也聞孤之名，何不下馬投順？免在動手。」銀牙說：「小蠻子，你在中原算你有名！來到我邦，撞著鐵雷將軍，只怕你性命不保，活不成了！」羅通大怒，說：「番狗，好無禮！不要走，照本帥的鎗罷！」催開馬，兜面一鎗，銀牙把踹牌一擋。兩下交鋒，各顯本事，一來一往，一衝一撞。你拿我麒麟閣上標名，我拿你逍遙樓❽上顯威。兩邊戰鼓似雷，好殺哩！正是：

英雄生就英雄性，虎鬥龍爭誰肯休。

畢竟不知勝敗如何，且看下回分解。

---

❼ 乾殿下：羅成死後，時為秦王的李世民將羅通過繼為子，故稱。詳見說唐。

❽ 逍遙樓：明太祖朱元璋曾在南京建逍遙樓，凡違禁賭博者，均關入樓中，數日餓斃。

第九回　白良關銀牙逞威　鐵端牌大勝唐將

詩曰：

陰魂顯聖保江山，教子伸冤敗北番。
祖父冤仇今日報，英雄小將破雙關。

羅通小將與鐵雷銀牙戰到個三十回合，不分勝敗。殺得汗流脊背，把端牌「噶啷」一響，抬住了鎗，銀牙開口說：「好利害的羅蠻子！」羅通說：「你敢是怯戰了麼？」銀牙道：「呔！小蠻子，那個怯戰！今日鐵將軍不取你命，誓不進關！」羅通說：「本帥不挑你下馬，也誓不回營！」吩咐兩邊嘯鼓。鼓發如雷，兩騎馬又戰起來。正是：

八個馬蹄分上下，四條膊子定輸贏。
鎗來牌架叮噹響，牌去鎗迎迸火星。

二馬相交，戰到五十回合，沖鋒未定輸贏。羅通心中一想：「待我回馬鎗，挑了他！」算計已定，把鎗虛晃了一晃，帶轉馬就走。銀牙看見羅通不像真敗，明知要發回馬鎗，便把坐騎扣定，呼呼大笑道：「羅通，你家回馬鎗善能傷人，不足為奇！不來追，怕你奈何了我？有本事，與你決一輸贏！」羅通聽言，不覺大駭，說：「完了！他不上我當，便怎麼處？」只得挺鎗上前，又戰起來。兩下殺到日落西沉，並無勝敗。天色已晚，兩下鳴金，各自收兵。銀牙進關去了。

羅通回進中營下馬，抬過了鎗，諸公爺接進，說：「元帥，今日開兵辛苦了。」羅通說：「這狗頭，果然利害！難以取勝，叫本帥也沒本事奈何他來。」咬金說：「侄兒，今被這狗頭擋住去路，白良關難破，怎生到得木楊城？」羅通說：「伯父，如今也說不得！且待明日再與他交戰，必要分個勝敗。」當夜不表。

明日，早有銀牙討戰。羅通依舊出營與他交戰。又殺到日落西山，並無強弱。一連戰了三天，總是不分勝敗。無計可施。

一到第四天，元帥升帳，諸將站立兩旁。程咬金在後營有些疲倦起來，羅通只得把頭靠在桌上，也要睡起來。程鐵牛說：「諸位弟兄，元帥睡了，我們大家睡他娘一覺罷。」秦懷玉說：「兄弟，又來了！元帥與番狗戰了三天，所以睡了。等元帥醒來，倘有將令，也未可知。」

少表眾將兩旁站立，再說羅通朦朧睡去，只見營外走進兩個人來，甚是可怕！前面頭上戴一頂鬧龍鬥寶紫金貂，沖天翅，穿一件錦繡團龍緞蟒，玉帶圍腰，腳蹬緞靴，面如紫漆，兩道烏眉，一雙豹眼，連鬢鬍髯，左眼有一條血痕。後面有一人，頭戴金箍頭，身穿大紅蟒，面如滿月，兩道秀眉，一雙鳳眼，五綹長鬚，滿面皆有血點，袍上盡是血跡。那二人走到羅通面前，兩淚紛紛，說：「好個不孝畜生！你不思祖父、父親天大冤仇未曾報雪，又不聽母訓，反到這裡稱什麼英雄，剿甚麼番邦，與國家出甚麼力！」羅通一見大驚，連忙問道：「二位老將軍何來？為何說這樣的話？」那二人說道：「嚇！你難道不認得了？我乃是你祖父羅藝，這是你父親羅成。可憐盡遭慘死，無人伸冤！所以到你面前，要與祖父、父親報仇雪恨。」

羅通聽言，似夢非夢，大哭說道：「嚇！原來二位老將軍，就是我羅通祖父、父親親自到此！望乞祖父對孫兒說明，仇人在何處？姓甚名誰？待孫兒先查仇人，殺了他，然後去救駕。」羅藝道：「我那羅通的孫兒阿，難得你有此孝心！若要知道仇人是誰，去問魯國公程伯父，就知明白。」羅通道是：「待孫兒去問程伯父便了。」羅成走到桌前，說：「我兒，你有忠心，出力王家，奈白良關難破，為父的有件東西與你，就可挑那番狗了。」羅通連忙問道：「爹爹，是什麼東西？」羅成說：「兒阿，你不須害怕，待為父的放在你衣袖內。」羅通說是：「請爹爹上來。」羅成上前，將手向羅通袖中一放，把羅通一扯，說：「我兒醒來，為父的去也！」同了羅藝，兩魂轉身望營外就走。

羅通叫聲：「爹爹，如今同祖父往那去？」旁邊程鐵牛應道：「爹爹在這裡！」把手往桌上一拍，嚇得羅通生汗直淋，抬起頭來，不見什麼祖父、父親，但見兩旁站立眾將！心中膽脫，滿腹狐疑：「我想祖父、父親之仇，叫我問程伯父。阿，軍士，快與我往後營，相請程老千歲出來！」

軍士奉令，忙入後營，只見程咬金正坐在那裡打瞌睡，便上前來高叫一聲：「程老千歲，元帥爺相請出營！」把咬金驚醒，那番大怒道：「這個羅通的小畜生，真正可惱！我老人家正在好睡，他又來請我出去做什麼？」那番只得起身，走出中營，說：「侄兒有什麼話對我講？」羅通說：「老伯父，且坐了。」

咬金坐在旁首，羅通滿面淚流，說：「伯父，小侄方才睡去，夢見祖父、父親到來，要我報仇雪恨。侄兒就問仇人是誰，祖父說孫兒要知仇人名姓，須問魯國公程老伯父，便知明白。」咬金聽說，不覺大驚道：「阿唷，原來我叔父、兄弟陰魂不散，白晝到來托夢！」叫聲：「侄兒，此仇少不得要報的。但是在此破關，不便對你說。待到得木楊城，然後說此仇恨。」羅通說：「阿呀，伯父阿，使不得的！祖父、父親曾對我說，若是程伯父不肯對你說明此事，必要捉他到陰司去算賬。」這一句話，嚇得程咬金膽戰心驚，說：「叔父、兄弟阿，你不要來捉我！待我對你孩兒羅通說便了。」羅通大喜道：「伯父，如此就對小侄講明。」

咬金道：「侄兒阿，此事不說猶可，若還說起，甚可憐阿！家將程呼在那裡？」應道：「老千歲有何吩咐？」咬金道：「往我後營箱子內，取那包箭頭來。」程呼答應，忙往後營，開箱取出送來。咬金接在手中，不覺大哭悲啼，叫一聲：「侄兒哪，你解開來看。」羅通雙手捧過來，將包打開一看，原來是一包箭頭，忙問道：「伯父，這一包箭頭做什麼的？」咬金道：「侄兒，你那裡知道！這一包箭頭有百零七個，你祖父中了這一條倒鬚鉤而死，你父親遭亂箭身亡。」羅通泣淚道：「我祖父、父親盡被何人射死的？如今這仇人在也不在？家住何方？姓甚名誰？我必要與祖父報仇雪恨！」咬金說：「侄兒，你道這仇人是誰哪？就是隨駕在木楊城中的銀國公蘇定方這砍頭的賊子！」羅通道：「他是我父皇的功臣，怎麼反傷自家一殿之臣起來？」咬金道：「侄兒，你有所不知！那年煬帝在朝，累行無道，各路作亂，自僭❶為王者多，天下何曾平靜？那蘇定方保了明州夏明王竇建德，起兵到河北幽州，攻打城池，欲奪河北一帶地方，乃是你祖父老將軍管轄的汛地。他一點忠心，與皇家出力，保守幽州，豈肯被番王所奪？所以你祖父出戰，被蘇定方發這一枝箭，名曰倒鬚鉤，正射中在左眼。你祖父回衙，拔箭歸陰。後來五王併同起兵❷，共伐唐邦。蘇定方設計，把你父哄到於泥河，四蹄陷住，身被亂箭而死。可憐你父，背如篩底！為伯父的前去殯殮，打下箭來，一共有一百零七箭。我原想侄兒大來，好與父報仇，所以將這些箭頭收拾在此，與你看的。難得叔父、兄弟陰靈有感，前來托夢。今日對你說明，天大冤仇，乃銀國公蘇定方這狗賊。」

羅通聽言，豹跳如雷，說道：「我把蘇定方這賊子碎屍萬段，方雪我恨！噯！父王，父王，你好忘臣子之功也！我羅氏三代盡忠報國，就是這一座江山，虧我父之功，怎麼反把仇人蔭子封妻？我羅通不取這賊子之心，誓不立於人世也！」正在大怒，忽有軍士報進：「啟元帥爺，蘇家二位公子爺解糧到了。」羅通說：「住了！蘇麟、蘇鳳如今在那裡？」軍士稟稱：「現在營外。」羅通：「阿唷，氣死我也，捆綁過來！」蘇麟、蘇鳳道：「小將奉令解糧，毫無差錯，為甚元帥要把小將們斬起來？」羅通不好說報仇之事，只因方才正在忿怒頭上，所以要把他弟兄捆綁進營，如今仔細想來，無甚差誤，卻被他弟兄急問上來，不覺頓口無言，說：「也罷，本帥有令箭一枝，命你往關前討戰。若勝得番將鐵雷銀牙，這就

---

❶ 僭：音ㄐㄧㄢˋ。越分竊取。

❷ 五王併同起兵：唐兵圍攻洛陽王世充，王世充發書請曹州宋義王孟海公、相州白御王高談聖、明州夏明王竇建德、楚州南陽王朱燦四王出兵，共抗唐兵。詳見說唐。

罷了。如若敗回，休怪本帥！」蘇麟、蘇鳳一聲「得令」，接了令箭，退出營外。

蘇鳳叫聲：「哥哥，元帥不知為甚大怒？不問根由，要斬我們，內中必有蹺蹊！今又命哥哥到關前討戰，知道番將利害不利害？倘然不能取勝，性命就難保了。」蘇麟泣淚道：「兄弟，你難道看不出羅通作事麼？」蘇鳳說：「哥哥，兄弟不知，是何緣故？」蘇麟道：「呀，兄弟，我哥哥不是癡呆懵懂，此事盡已知道。方才一到營前，也不問解糧多少，就把我們綁進營門。羅通面上，已發怒容，已有淚形，竟要為兄到關前討戰。若勝還可，倘然不勝，性命必不能保。想他一定要與父報仇了！怎奈兵權在他手內，為兄的命，一定玄玄❸，也說不得了。」蘇鳳說：「哥哥，且請寬心！若不能取勝，是有做兄弟的在此，與羅通分辨，保救哥哥。」蘇麟說：「兄弟，只怕未必肯聽。你在營前且掠陣，待為兄的到關前討戰。」蘇鳳說是：「哥哥須要小心。」那蘇麟頂盔貫甲，跨馬端鎗，出營與銀牙打仗，我且不表。

單講羅通在營，又叫道：「老伯父阿，侄兒方才夢中，父親又對我講道：『你若要破此關，我有一件東西在此。』即放在小侄袖中，未知什麼東西。夢中之事，只怕不真。」咬金說：「原來有此一事！決不謊言。看看袖中是什麼東西。」羅通把手往袖中摸出一張紙來。你道有什麼在上面？卻畫就一張小小彎弓，一枝箭在上面。羅通見了，不解其意，便說：「伯父，這一件東西，不知什麼意思？叫小侄不解。」程咬金說：「這又奇了！我羅老兄弟既然陰魂可保江山，此物決非無用！待我想來是何意思。」想了一回，說：「嚇，是了！侄兒，你難道不知此件東西怎樣用他的麼？」羅通說：「伯父，侄兒不知，怎生用法？」咬金說：「侄兒，當初你父親慣用懷揣月兒弩的。」羅通說：「伯父，怎生叫懷揣月兒弩？」

❸ 玄玄：同「懸懸」。

咬金說：「侄兒，你不知道。當初你父在日，有這一點小弓小箭，藏於懷內，若遇勇將，不能取勝，拿將出來，百發百中，取人性命，如在手掌。那年伯父在於關前，看你父與殷學交鋒，連戰百餘合，不能取勝，用此物傷他命的。今日侄兒難破白良關，你父也教你用此月兒弩，所以紙上畫此圖形。」羅通說：「果有此事？但小侄不會用，怎麼處？」咬金說：「不妨，你是乖巧的，容易習練。你父也曾教我。為伯父的雖不能精，有些會的，待我教導你就是了。」羅通就吩咐家將，應聲去造懷揣月兒弩。

再表這一首蘇麟大敗進營，說：「元帥，關中番將踹牌，甚是利害！小將難以取勝，求元帥恕罪。」羅通大怒，喝聲：「蘇賊！今日本帥第一遭領兵到此，一重關還沒有破，你就大敗回營。刀斧手過來，與我將蘇麟綁出營門梟首！」刀斧手一聲答應，把蘇麟背膊牢拴，推出營門去了。嚇得蘇鳳魂不附體，連忙跪下，說：「元帥，勝敗乃兵家之常事，求元帥恕罪。」羅通大怒道：「勝則有賞，敗則有罰！你敢觸怒本帥？左右，與我拿下，重責四十棍！」兩旁軍牢奉令，把蘇鳳拿到案前。只見刀斧手已取蘇麟首級，進營來繳令了。蘇鳳一見，大放悲聲，哭出營外。回進自己營中，收拾行囊路費，自思此地不是安身之處，受了四十銅棍，可憐打得鮮血直流！含怒起身，等待三更時分，逃脫身軀，另保別主之事，我且丟開。

再講羅通叫聲：「伯父，小侄斬了蘇麟，方出胸中一忿之氣！必須殺了蘇定方，我祖父、父親冤仇報雪！」咬金說：「這個自然。明日待伯父教導你懷揣月兒弩，破了白良關，殺到木楊城，好斬蘇定方這個狗賊。」羅通道是：「多承伯父指教。」其夜話文不表。

單表來日，早有軍士報道：「啟元帥爺，蘇家小將軍昨夜不知那裡去了。」羅通說：「一定逃走了，由他去罷。」是日，程咬金教羅通習學懷揣月兒弩，果然羅通乖巧，一學就會，練了三日，射去正中。咬金大喜說：「如今練來已熟，事不宜遲，明日就去攻關討戰。或者你父陰靈暗保，也未可知。」羅通應聲道：「伯父之言有理。」一到明日，裝束齊整，上馬把月兒弩藏於懷內，炮響一聲，一馬沖出營來。後面程咬金也在營前觀看。

那羅通來到關前，高聲大叫：「嘸！關上的，快報與那個虜狗，說本帥與他連戰三天，不分勝負，今日叫他出來，定個輸贏！」小番報進關中，鐵雷銀牙披甲停當，帶了手下，放炮開關，一馬當先，沖過來了。羅通一見，喝聲：「虜狗！你來送死麼？」把鎗一串，催上馬來，一心要取番將首級。也不打話，二人大戰，原殺個平交。戰到了二十餘合，羅通詐敗佯輸，帶轉馬頭而走。鐵雷銀牙扣定馬，說：「小蠻子，你不必弄鬼！魔家知道你回馬三鎗利害，不來追你。有本事，再與你戰三百合！」住馬不追。羅通詐敗下來，左手往懷中取出一張小弓，回頭看見他不追下來，即把鎗按在判官頭上，帶轉馬來，暗叫一聲：「父親阿，你陰靈有感，暗中保佑我孩兒一箭成功！」心中在此想，把手一捺，颼的一箭，發將出來，果然羅成陰靈暗助！不高不低，一箭射去，正中番將咽喉。銀牙說聲：「什麼東西飛來！」要閃也不及了。哄嚨一響，馬上翻將下來，死於馬下。

羅通見番將已死，回轉頭來，叫聲：「程伯父、眾將們，好搶關！」口內叫動，手把鎗一擺，豁喇喇，縱過吊橋來了。手起鎗落，好挑的！那些小番走得快，逃了性命，走不快，也有蕩著面門，也有刺著咽喉，死者死，傷者傷，逃者逃，多棄關飛奔金靈川去了。元帥同諸將來到關中，查盤錢糧，點明糧草，養馬一日。到了明晨，放炮一聲，兵進金靈川。此話慢表。

再講金靈川守將名叫鐵雷金牙，身長一丈，有萬夫不當之勇。正在堂上閒坐，忽見小番報進說：「平章爺，不好了！白良關又被唐兵打破，銀牙將軍陣亡了！」鐵雷金牙聞言大驚，說：「有這等事！阿呀，我那兄弟阿！可憐如此英雄，一旦喪於唐將之手！」大哭數聲，淚如雨下。吩咐把都兒關上加起灰瓶石子，踏弓弩箭：「若是唐朝救兵一到，速來通報，待魔家好與兄弟報仇！」

不表關內之事，再講到羅通大隊人馬來到金靈川，離關數里，安營下寨，放炮停行。到了明日，元帥升帳，聚齊眾將，站立兩旁，便開言說道：「諸位哥哥在此，北虜番將甚是利害，你們難以開兵。今日原待本帥親自出馬，或者挑得番將，也未可知。你們多上馬端兵，看我打仗。倘然取了金靈川，豈不為美！」眾將稱善。羅通按好盔甲，帶過馬，手執鎗上馬。一聲炮響，一馬沖出營來。小番看見，報進關中。鐵雷金牙聞報，披掛停當，頂盔貫甲，上馬提刀，放炮開關，放下吊橋，帶了眾番，一馬沖出關來。正是：

饒君烈烈轟轟士，難敵唐朝大國兵。

畢竟不知金靈川如何破得，且看下回分解。

第十回　八寶銅人敗羅通　羅仁雙錘救兄長

詩曰：

願得貔貅十萬兵，能教虜寇一時平。
功成不用封侯印，麟閣須留忠孝名。

羅通抬頭一看，好一員番將，甚是可怕！只見他頭戴青銅獅子盔，身穿鎖子紅銅甲，外罩大紅袍，紫臉，豹眼，黃鬚，坐下一匹青毛吼，沖上前來，把刀一起。那羅通把鎗「噶啷」架定：「呔！來的可通下名來！」金牙說：「你要問魔家之名麼？魔乃流國三川七十二島紅袍大力子大元帥祖麾下，加為百勝將軍，鐵雷金牙便是！我也曉得你是羅成之子羅通！你傷我兄弟銀牙，欲要把你活擒過來，碎屍萬段，以洩我弟之仇！」說聲未了，把刀一起，叫聲：「小蠻子，照魔家的刀罷！」豁綽一刀，砍過來。那羅通不慌不忙，把鎗一捲，直往頭上掤轉來。戰到了二十餘合，金牙只有招架之功，沒有還兵之力，嘴裡邊說：「阿唷，好利害的小蠻子哩！」羅通見他刀法已亂，這一鎗兜胸前刺進來。那鐵雷金牙叫聲：「不好！」躲閃不及，正中前心，撲通一響，翻下馬來了。羅通同眾將乘勢搶關。那些小番兒見主將已死，多進關中，閉關也來不及了。羅通隨後沖進，殺得番兵：

忙忙好似喪家犬，急急渾同漏網魚。

口中盡叫：「快走！」多望野馬川逃去了。元帥吩咐養馬一日，查盤府庫，扯起大唐旗號，明日兵進野馬川。

再講野馬川守將，叫做鐵雷八寶，其人身高一丈，頭大如斗，兩眼銅鈴，口似血盆，連鬢紅鬚，力拔泰山，要算番邦一員大將，慣使一個獨腳銅人。列位，你們道什麼叫做獨腳銅人？有四尺長，原有頭有手，單有一隻腳，像十二三歲的小孩子一般，有千斤多重。將此作軍器，你道利害不利害？鐵雷八寶正與花知魯達們在私衙商議退兵之事，外面小番報進：「啟上將軍，關外有金靈川敗殘兵卒，要見將軍！」八寶聽言大驚，說：「傳進來！」一聲吩咐，傳進小番，跪稟道：「將軍爺，不好了！大唐救兵來得凶勇，二將軍被唐將鎗挑而死，金靈川已破，不日兵到野馬川來了！」鐵雷八寶聽言，不覺下淚，說：「有這等事！大兄被傷，此恨未消，今二兄又遭童子之手，可不痛殺我也！待唐兵來到關下，魔不一頓銅人打盡蠻子，也誓不立於人世也！」遂吩咐小番：「若唐兵一到，速來報我知道！」把都兒一聲答應，緊守關門，不必表。

再講唐兵到了野馬川，離關一里，安營下寨，吩咐放炮升帳，羅通坐在中軍帳內，叫聲：「程伯父，路上辛苦，安息一宵。」咬金說：「這個自然！出兵之法，凡興兵破關，三軍行路辛苦，要停兵一天，養養精神的。」當夜不表。

再講次日天明，元帥升帳，說：「今日那一個哥哥去攻關討戰？」閃出秦懷玉道：「小將願去討戰。」羅通道：「哥哥須要小心。」懷玉得令，上馬提鎗，結束停當，放炮開營，帶領三軍，一馬沖出。來到關前，大喝一聲：「呔！關上的，快報與虜狗知道，出來會我！」小番看見，連忙報進：「啟上將軍，今有唐將一員出馬討戰。」八寶聽言，既有唐將討戰，吩咐披掛，抬銅人過來。小番一聲答應齊備。八寶結束上馬，拿了獨腳銅人，催開馬，出了總府，來到關前，放炮開關。鼓聲嘯動，一馬望吊橋上沖過來了。秦懷玉抬頭一看，心中大駭，說：「他手中拿的是什麼東西？我想十八般武藝，件件皆知，何曾有這人用的？是獨腳銅人！」他又生得十分惡相，你看他怎生打扮：

面如紅棗狼腮鬍，兩道青眉豹眼珠。
身著連環金鎖甲，頭頂狐狸獅子盔。
左首懸弓新月樣，右邊袋內插瑯琊。
手執銅人多兇惡，坐騎出海小龍駒。

秦懷玉喝道：「來的虜狗，少催坐下之馬，快留下名來！你有多大本事，敢來送死？」鐵雷八寶聽見，便說：「你要問魔的名麼？魔乃流國三川紅袍大力子大元帥麾下，加為隨駕大將軍鐵雷八寶的便是。你小蠻子有甚本事？敢到魔家馬前送死！」秦懷玉呼呼大笑，說：「把你這番狗活捉過來，立時梟首！

怎麼口出大言？分明買醃魚放生，不知死活，你又不是什麼銅皮鐵骨的利害！今日天朝救兵到來，還不知道我們眾爵主爺驍勇哩！此去赤壁寶康王尚要活擒，何在為你這個把番狗！擅敢霸住野馬川，阻我上邦爵主爺去路！」鐵雷八寶哈哈大笑，說：「你們眾蠻子尚被我邦困住，何在你們這一班無知小子！還不曉得魔家手中銅人利害麼？此乃自投羅網，不足為惜。快通個名來，魔好打你為粉！」懷玉說：「小爵主乃是護國公秦老千歲蔭襲小爵主，奉朝廷旨意挑選二路平番招討大元帥羅麾下，加為無敵小將軍秦懷玉便是。放馬過來，照爵主的鎗罷！」把這條黃金鎗串一串，一炷香❶直望八寶面門上速刺將過來。

那八寶說聲：「來得好！」不慌不忙，把手中獨腳銅人往鎗上「噶嚐」這一擊，秦懷玉喊聲：「不好！」幾乎跌下雕鞍，鎗多拿不牢起來了！馬打沖鋒過去，才圈得馬轉來，早被八寶量起手中銅人，喝一聲：「小蠻子，照打罷！」將這銅人望頂上打下來了，好似泰山一般。秦懷玉喊聲：「不好，我命休也！」把鎗橫轉了抬上去，不覺「噶啷啷」聲響，鎗似彎弓模樣，馬直退後十數步，幾乎跌落雕鞍。看來戰他不過，只得帶轉馬頭，望營前大敗而走。鐵雷八寶說：「你這小蠻子，來時許多誇口，原來本事也只平常！你往那裡走？魔來也！」豁喇喇，追上前來，秦懷玉早進營了。有軍士射住陣腳。八寶只得把馬扣定，喝道：「營下的，量你們營中，多是無名小卒之輩，決少能人！快快退了人馬，讓還魔這裡兩座關頭，放你們殘生回去！」

不表鐵雷八寶誇言，單講秦懷玉下馬進了中營，說道：「元帥，番狗驍勇，手中銅人十分沉重，小

❶ 一炷香：本指明清時俗稱下官見上司時投遞的手本，因其楷書工整，細字直行，又常手捧高拱，故名。此處形容向上使鎗高刺的姿勢。

將被他打得一下，擋不住，所以敗了，望元帥恕罪。」羅通大駭，說：「北番番將，算得異人了！用的兵器，多不在十八般武藝裡頭。第一關守將的什麼踹牌，如今又是什麼銅人了！哥哥無罪。帶馬過來！待本帥親自出馬。」那手下軍士，備好龍駒，牽將過來。羅通立起身來，把頭盔按一按，把金甲按一按，跨上龍駒，提了攢竹梅花鎗。炮聲一起，營門大開，前面二十四對大紅旗左右平分，鼓聲嘯動，豁喇喇，沖出來了。元帥出馬，眾爵主多出營來哩。那程咬金說：「我從幼出戰沙場，兵器見了無萬，從不曾見有什麼獨腳銅人的兵器！今日我老人家，倒也要出營去看一看。」

不表爵主與程咬金出營觀望，單講羅通沖出營來，那鐵雷八寶抬頭一看，說：「又來送死的蠻子！少催坐騎，通下名來，是什麼人？」羅通道：「你要問本帥之名麼？乃越國公蔭襲小爵主，外加二路掃北大元帥，乾殿下羅通便是！」八寶聽言，便說：「你可就是當年平北羅藝老蠻子的小蠻子傳下來的麼？」羅通應道：「然也！既知本帥之名，何不早早下馬受縛！」八寶呼呼冷笑道：「我把你這小蠻子碎屍萬段，方雪我恨！我兩位哥哥，盡喪於你這小蠻子之手。正要與兄報仇，這叫天網恢恢，疏而不漏！今日仇人在眼，分外眼明，我一銅人不打你個齏粉❷，也誓不共戴天！放馬過來！」八寶催一步馬向前，把獨腳銅人往頭上一摩，喝聲：「照打罷！」望羅通頂梁上一銅人打下來。

那羅通喊聲：「不好！」看來這銅人沉重，只得把鎗也掄橫了，抬上去，「噶啷噶啷」一聲響，馬打退有十數步才圈轉來。八寶又說：「照打罷！」又是一銅人打下來。羅通又把鎗擋得一擋，不覺坐下雕鞍頭眩亂闖，一馬沖鋒過去，兜得轉來，八寶又打一銅人下來。那時羅通抬得一抬梅花鎗，打得彎弓一

❷ 齏粉：粉碎。齏，音ㄐㄧ。細粉；粉末。

般，虎口多震得麻木了。心下暗想：「這番狗，果有本事！不如發回馬鎗，挑了他罷。」算計已定，把鎗虛晃一晃，說：「番狗，果然驍勇！本帥不是你對手，我今走也，少要來追！」說罷，帶轉絲韁走了。鐵雷八寶哈哈大笑，說：「魔家知道你！當年羅藝、羅成前來掃北，把回馬鎗傷去了我邦大將數員，魔也曉得你們羅家有回馬三槍利害。但別將怕你回馬三槍驍勇，獨有魔家不懼你們的回馬鎗！我把銅人在此搖動，看你怎麼樣把回馬鎗傷我！」說罷，把銅人在手中搖動，將喉嚨、前心兩處護定，催開坐騎，隨後追來了。那羅通聽見此言，回頭看看，只見他把銅人搖動，護住咽喉，一路追下來了，並無落空所在，好發回馬鎗。羅通不覺心內慌張，不知怎樣的，把絲韁一偏，望營左邊，落荒而跑了。那鐵雷八寶心中大喜，說：「魔道你敗進營中，倒也奈何你不得，誰知你反落荒而走！分明：

一盞孤燈天上月，算來活也不多時。

憑你飛上燄摩天❸，終須還趕上。你往那裡走！」豁喇喇，追上前來。營前眾爵主見元帥被番將追落荒郊，不覺一齊驚得面如土色，盡說：「完了！如今駕也救不成，一個元帥反送掉了！」程咬金說：「這個畜生，自然該死！敗下來，自該敗進營內，怎麼反走落荒郊？一定多凶少吉的了！」此話且慢表。

且說羅通被八寶追下來有四十里路程，急得來汗流脊背。只見八寶使起銅人緊追緊走，慢追慢行，

❸ 燄摩天：梵語，亦作「焰摩天」、「夜摩天」、「炎摩天」。佛教有所謂欲界六天之說，燄摩天為風輪所持，居三十三天之上。喻遙遠的去處。

一步不能放鬆。想道：「這回馬鎗不能傷他，將如之何？」心下在此沉吟，絲韁略鬆得一鬆，馬慢了一慢，卻被八寶這匹馬縱一步上，就在羅通背後，量起銅人，喝聲：「照打罷！」「當」這一擊，打下來，那個羅通喊聲：「我命休也！」把鎗抬得一抬，在馬上亂旺，二膝一夾，那馬豁喇喇，好走哩！追得羅通好不著急，說：「番狗奴！休要來追，少待來追！」八寶呼呼冷笑說：「你往那裡走？快留下首級來嚇！」說罷，又緊追緊趕，卻離營盤有八十里路了。

羅通嚇得昏迷不醒，伏住馬鞍上敗下來。偶抬頭一看，只見那一邊遠遠來了五個人，那四個頭上多是紫色將巾，當中這個銀冠束髮，白綾戰襖，生得唇紅齒白，年紀不過八九歲，好是孩童一般，那四個人鬚髮多白。你道是什麼人？原來就是羅府中二公子羅仁。他道哥哥領兵掃北，所以也想前來殺番狗，隨了羅德、羅春、羅安、羅福四名老家將來的。一路進了白良關，金、銀二川，羅仁不覺煩惱，說：「你們這四個老狗才，在此作弄我麼！離家鄉也有幾十天，難道哥哥的兵馬還不見？」四人道：「二爺，又來了！進北番地界，有三座關頭，大公子兵馬不見，非怪我們之事。」正在此講，只聽喊聲道：「番狗奴，休要來追！」豁喇喇，追下來了。

那時，五人抬頭一看，只見一員番將，搖動手中銅人，追趕一員銀冠束髮的小將下來。四個家將大驚道：「阿呀，不好了！這員敗下來的小將，好似我家大公子一般！二爺你可見麼？」羅仁聽說，睜眼仔細一看，說：「是阿，是阿，一些也不差，果是我家哥哥！為什麼大敗？不好了！這番狗奴如此猖獗，追我哥哥，我不去救，那一個去救？你們快拿錘來！」羅安道：「二爺，使不得！番狗驍勇，你哥哥尚且大敗，你去，到得那裡是那裡？」羅仁道：「你不要管！」竟奪了兩柄大錘，蹋蹋蹋，跑過去了，叫聲：「哥哥，我兄弟羅仁在此救你！」那羅通聽言，抬頭一看，不覺驚駭，叫聲：「兄弟，動不得！為兄尚然大敗，你年紀尚小，不要藐視他人，快退下去！」羅仁不聽羅通言語，竟追上去了。羅通好不著急，扣定了馬，那四名家將趕上來，說：「大爺，我們家人們叩見。」羅通說：「你這四個狗才！那番狗使這銅人，好不利害！我尚且敗了，二公子有何本事，你們放他上去？倘被他們傷了，如之奈何！」四個家將說：「我們原阻擋二爺，不聽，自要上去，不關我們之事。」

少表這裡主僕之言，再講羅仁提了兩柄銀錘，上前喝道：「呔，你這番狗，不必追我哥哥！我二爺在此，你把這顆首級割下來！」那八寶在馬上看見了這個小孩子在馬前講話，想他身不上三尺，不覺哈哈大笑，把馬扣定，說：「孩子，魔要追趕這羅通小蠻子，你為甚麼攔住馬前？倘被馬腳踹死了，怎麼樣呢。快些閃開，待魔家走路。」羅仁喝道：「呔！你這個該死的番狗！那羅通是我哥哥，我就是二公子羅仁！你要往那裡走？嚇，快來祭你二爺這兩柄錘罷！」八寶聞言怒道：「什麼東西！魔家立番邦以來，這銅人下不知死了多多少少的英雄好漢！你這小孩子，也在此戲耍，快些閃開！再在馬前混帳，魔家撮起了攦❹死了，猶如螻蟻一般哩！」羅仁道：「呔！番狗！你不要誇口，好好取過頭來！必要待你小爺一頓亂捶，把你打為肉醬麼？」八寶大怒，說：「你這小孩子，魔家好意放你一條生路，你必要死在我銅人底下？此乃該死畜類，佛也難度！照打罷！」「當」，一銅人打下來。那羅仁說聲：「來得好！」把手中銀錘往銅人上「噶啷」這一梟，架在旁首，沖鋒過來。羅仁在地下，打不著他身體，交鋒過來，望八寶這一騎馬頭上「當」這一銀錘，打得這個馬頭粉碎跌倒來，把一個鐵雷八寶翻在塵埃。羅仁上前，

❹ 攦：音ㄌㄧˋ。截折；斬斷。

把銅人奪下，復又一錘打去，把八寶頭顱打得肉醬一般，一命歸天去了！羅通與四名家將見了，不勝之喜，上前來說道：「兄弟，多多虧你，為兄險些喪於番狗之手！請問兄弟到這裡做什麼？」羅仁說：「兄弟也要去殺番狗，在哥哥帳下立些功勞，出仕朝廷，故爾來的。」羅通說：「既如此，兄弟同我營中去。」

不表六人回轉營中，先講營內諸將，等至更初，不見元帥回來，大家著忙，程咬金亦著了急。這一首：「啟上老千歲，元帥回營了！」諸將聽說元帥回營，大家出來迎接，說：「元帥恭喜，受驚了！阿呀，這二兄弟為何亦在此處？請到裡邊去。」大家同進營來。咬金叫聲：「侄兒，你被番狗追下去，害得我做伯父的，膽子多驚碎了！如今怎樣脫離回營？」羅通把兄弟相救情由，說了一遍。咬金大喜，稱贊二侄兒之能。羅仁就拜見伯父，又與眾位哥哥見過了禮。羅通吩咐道：「如今趁關上小番等候主將回關，必然不閉關門，不如連夜搶進關中安營罷！」眾爵主聽了令，多上馬提了兵器，先搶關頭了。後面大小三軍，捲帳拔寨，多搶關了。羅通、羅仁兩員小將，先把關門打開，沖到裡面，把那些把都兒鎗挑錘打。守關之將尚然傷了，那些小番濟什麼事？被眾將趕進關內，刀斬斧劈，人頭骨碌碌亂滾，如西瓜一般。這場廝殺，小番盡皆棄關而逃。元帥就吩咐安下營盤，一面查點糧草，一面關上改立旗號。眾將各自回營。一宵過了，到明日清晨，傳令：

早除野馬銅人將，再滅黃龍女將來。

畢竟眾小將不知如何救駕，且看下回分解。

第十一回　羅仁禍陷飛刀陣　公主喜訂三生約

詩曰：

屠爐公主女英雄，國色天姿美俏容。
只因怒斬羅仁叔，雖結鸞交心不同。

羅通吩咐發炮抬營，大小三軍拔寨，往黃龍嶺進發。一路前行，有四五天程途，早到了黃龍嶺。離關數箭之遙，傳令三軍，紮住營盤，起炮三聲，早已驚動了關上。把都兒一見唐營把住營盤，慌忙進衙，飛報主將，說：「啟上公主娘娘，南朝救兵已至關下，紮營在那裡了。」屠爐公主聽見，說：「該死的來了！」吩咐帶馬。手下應聲答應，帶馬過來。公主跨上雕鞍，手提兩口繡鸞刀❶，離了總帥府衙門。後面跟了二十四名番婆，多是雙雉尾高挑，望著關前來。一聲炮響，關門大開，吊橋放下，鼓嘯如雷，豁喇喇，沖到營前來了。有軍士一見，連忙扣弓搭箭，說：「嘰！來的番婆，少催坐騎，照箭！」那個箭颼颼的射將過來。公主把馬扣定，叫一聲：「營下的，快去報！有公主娘娘在此討戰，叫你們唐兵好

❶ 鸞刀：刀環有鈴的刀。

好退了，暫且饒你一班螻蟻之命！若然不退，我娘娘就要來踹你營頭了！」

那些軍士到中營報說：「啟元帥，營外有一番婆，口出大言，在外討戰。」羅仁心中大悅，走將過來，說：「哥哥，待兄弟出去擒了進來。」羅通說：「兄弟既要出戰，須當小心。」羅仁應道：「不妨。」他一點小孩子，也不坐馬，拿了兩個銀錘，走出營去了。羅通立起身來，說：「諸位哥哥、兄弟們，隨本帥出營去看我弟開兵。」眾爵主應道：「是。」大家隨了羅通出到營外。咬金也往營外，看看羅仁，又看那公主一看，阿唷，好絕色的番婆！你看他怎生打扮？但見：

頭上青絲，挽就烏龍髻。狐狸倒插，雉雞翎高挑。面如傅粉紅杏，泛出桃花春色。兩道秀眉碧綠，一雙鳳眼澄清。唇若丹砂，細細銀牙藏小口。兩耳金環分左右，十指尖如三春嫩筍。身穿鎖子黃金甲，八幅護腿龍裙蓋足下。下邊小小金蓮，踹定在葵花踏鐙❷上。果然傾城國色，好像月裡嫦娥下降，又如出塞昭君一樣。

羅仁見了，不覺大喜，說：「番婆！休要誇口，公子爺來會你了！」那公主一見，說是：「小孩子！你吃飯不知飢飽，思量要與娘娘打仗麼？幸遇著我公主娘娘，有好生之德，你命還活得成。若然逢了殺人不轉眼的惡將，就死於刀鎗之下，豈不可惜？也算一命微生，無辜而死，我娘娘何忍傷你！」羅仁聽言，大喝道：「呔！你乃一介女流，有何本事？擅敢誇能！還不曉得俺公子爺銀錘利害麼？也罷，我看

❷ 踏鐙：馬鐙。

你千嬌百媚，這般絕色，也算走遍天涯，千金難買。我哥哥還沒有妻子，待我擒汝回營，送與哥哥，結為夫婦罷！」

公主聽言，滿面通紅，大怒道：「哇！我想你小孩子亂道胡言，想是活不耐煩了！我娘娘拚得做一個罪過了，照刀罷！」「插」的兒一刀，望羅仁面上劈下來。羅仁叫聲：「來得好！」把銀錘往刀上「噶啷」一聲響，架在一邊，沖鋒過去。羅仁把銀錘擊將過來，望馬頭上打將下去。公主看來不好，把雙刀用力這一架，「噶啷噶啷」一聲響，不覺火星迸裂，直坐不穩雕鞍，花容上泛出紅來了，心中想：「這孩子年紀雖小，力氣倒大。罷！不如放起飛刀，傷了他罷。」算計已定，把兩口飛刀起在空中，念動真言，青光沖起，把指頭點定，直取羅仁。驚得營前羅通魂不附體，叫聲：「兄弟！這是飛刀，快逃命！」這一首沒一個不大驚小怪！

那知羅仁出母胎才得九歲，那曉上戰場有許多利害？第二次交鋒，焉知飛刀不飛刀！見刀在空中旋下來，心中倒喜，抬頭看著了刀，說道：「咦！這番婆會做戲法的。」口還不曾閉，一口刀斬下來了。羅仁喊聲：「不好！」把錘頭打開。這一把又飛往頂上斬下來了。羅仁把頭偏得一偏，一隻左臂斬掉了。又是一刀飛下，一隻右臂又斬掉了。那時羅仁跌倒塵埃，一頓飛刀，可憐一位小英雄，斬為肉醬而亡了。

羅通見飛刀剁死兄弟，不覺大放悲聲：「阿呀，我那兄弟阿！你死得好慘也！」哄嚨一聲響，在馬上翻身跌落塵埃，暈去了。唬得諸將魂飛魄散，連忙上前扶起。大家泣淚道：「元帥甦醒！」咬金淚如雨下，說：「侄兒，不必悲傷。」四個家將哭死半邊。

羅通洋洋醒轉，即忙跨上雕鞍，說：「我羅通今日不與兄弟報仇，不要在陽間為人了！」把兩膝一催，豁喇喇沖上來了。公主抬頭一看，只見營前來了一員小將，甚是齊整，但見他：

頭上銀冠，雙尾高挑。面如傅粉銀盆，兩道秀眉，一雙鳳眼，鼻直口方，好似潘安轉世，猶如宋玉還魂。

公主心中一想：「我生在番邦有二十年，從不曾見南朝有這等美貌才郎。俺家枉有這副花容，要配這樣一個才郎，萬萬不能了！」他有心愛慕羅通，說道：「哂！來的唐將，少催坐騎，快留下名來！」羅通大喝道：「你且休問本帥之名！你這賤婢，把我兄弟亂刀斬死，我與你勢不兩立了！本帥挑你一個前心透後背，方出本帥之氣！照鎗罷！」颼的一鎗，劈面門挑進來。公主把刀「噶啷」一聲響，架住旁首：

馬打交鋒過，英雄閃背回。

公主把刀一起，望著羅通頭上砍來，羅通把鎗逼在一旁。二人戰到十二個回合，公主本事平常，心下暗想：「這蠻子相貌又美，鎗法又精，不要當面錯過！不如引他到荒郊僻地所在，與他面訂良緣，也不枉我為了乾公主！」算計已定，把刀虛晃一晃，叫聲：「小蠻子，果然驍勇！我公主娘娘不是你對手，我去了，休得來追！」說罷，帶轉絲韁，望野地上走了。羅通說：「賤婢！本帥知你假敗下去，要發飛刀。我今與弟報仇，勢不兩立！我傷你也罷，你傷我也罷，不要走！本帥來也！」把鎗一串，二膝一催，豁喇喇追上來了。

那公主敗到一座山凹內，帶轉馬頭，把一口飛刀起在空中，指頭點定，喝道：「小蠻子！看頂上飛刀，要取你之命了！」羅通抬頭一見，嚇得魂不附體，說：「阿呀，罷了，我命休也！」到把身軀伏在鞍橋上。那時公主開言，叫聲：「小將軍，休得著急！我不把指頭點住飛刀，要取你之命。如今我點住在此，飛刀不下來的，你休要害怕。我有一言告稟，未知小將軍尊意若何？」羅通說：「本帥與你冤深海底，勢不兩立。有何說話，速速講來，好與兄弟報仇！」公主道：「請問小將軍姓甚名誰？青春多少？」羅通道：「嘎，你要問本帥麼？我乃二路平番大元帥乾殿下羅通是也。你問他怎麼？」公主道：「嘎，原來就是當年羅藝後嗣！俺家今年二十餘歲，我父名字屠封，掌朝丞相，單生俺家，還未適人❸，意欲與小將軍結成絲蘿❹之好。況又你是乾殿下，我是乾公主，正算天賜姻緣，未知允否？」

羅通聽言大怒，說：「好一個不識羞的賤婢！你不把我兄弟斬死，本帥亦不希罕你這番婆成親！你如今傷了我兄弟，乃是我羅通切齒大仇人，那有仇敵反訂良緣？兄弟在著黃泉，亦不瞑目！你休得胡思亂想，照鎗罷！」綽的一鎗，直望咽喉刺進來。公主將刀架在一邊，說：「小將軍，你休要煩惱！你的性命，現在我娘娘手掌之中。我對你說，你若肯允，俺家情願投降，獻此關頭，在你馬頭前假敗，就領番兵退到木楊城。等你兵馬一到，就裡應外合，共殺我邦兵馬。俺家幫你救出唐王與眾位老將軍，先立

❸ 適人：謂女子出嫁。

❹ 絲蘿：即菟絲、女蘿，均為蔓生，纏繞於草木，不易分開，故常用來比喻結為婚姻。

了功，豈不消了我誤傷小叔之罪？然後小將軍差一臣子，求聘我邦，豈不兩全其美？你若不允，我把指頭拿開，飛刀就要取你性命了！」羅通道：「呔，賤婢！殺我弟之仇，不共戴天！你就斬死我羅通罷！」公主那裡捨得斬他！正是：

姻緣不是今生定，五百年前宿有因。
並頭蓮結鴛鴦譜，暗裡紅絲牽住情。

故此，公主不捨傷他。復又開言，叫聲：「小將軍！你乃年少英雄，為何這等沒有智量？你今允了俺家姻事不打緊，陛下龍駕與眾位臣子就可回朝了。你若執意要報仇，娘娘斬了你，死而無名，仇不能報，駕不能救，況又絕了羅門之後，算你是一個真正大罪人也！將軍休得迷而不悟，請自裁度。」

那公主這一篇言語，把羅通猛然提醒，心下暗想：「這賤婢雖是不知廉恥，親口許姻，此番言語，倒確確是真。我不如應承他，且去木楊城，殺退番兵，救了陛下龍駕，後與弟報仇，未為晚也。」算計已定，假意說道：「既承公主娘娘美意，本帥敢不從命！但怕你兩口飛刀利害，你既與本帥訂了姻緣，已降順我唐朝了，須把這兩口飛刀拋在澗水之中，羅通方信公主是真心降唐了。」公主說：「既是小將軍允了俺家親事，要俺拋去飛刀，有何難處！但將軍不要口是心非方好，須發下一個千斤重誓，俺家才把飛刀拋下。」

羅通暗想：「我原是口是心非，如今他要我立誓，也罷，不如發一個鈍咒❺罷。」叫聲：「公主，本帥若有口是心非，哄騙娘娘，後來死在七八十歲一個戰將鎗尖上！」暗想：「七八十歲老番狗，有甚麼能幹，難道我羅通殺他不過？這原是個鈍咒。」公主聽見他發了咒，心中不勝歡悅，說：「將軍一言為定，駙馬難追！」便收下飛刀，抛在山凹澗水之中。公主說：「小將軍，俺家假敗在你馬頭前，你隨後追來，我便棄關而走，在木楊城等你兵馬到來，共救唐王天子便了。」羅通說：「本帥知道，公主請先走！」那公主帶轉馬頭而走，羅通隨後追趕。出了山凹，高聲大喝：「哟，番婆！你往那裡走？本帥要與弟報仇哩！」豁喇喇，追到關前來了。

公主假意大喊：「阿唷，小蠻子果然利害！我不是你對手，休追趕罷！」沖到關前下馬，往內衙說道：「把都兒，我們退了兵罷！羅小蠻子驍勇異常，飛刀多被他破掉了。要守此關，料不能夠。我們不如把關門開了，退到木楊城，等唐兵到來，一發困住，到是妙計。」眾小番依令，即把關門大開，吊橋放下，裝載了糧草，帶了諸將，竟望木楊城大路而走了。此話丟開。

且表那羅通見公主進了關中，遂即回營。眾將接住了馬，往中營坐下，有程咬金開言問道：「侄兒，你兄弟之仇不報，反被番婆逃入關中，何時得破？」羅通說：「伯父那，父王龍駕，如今救得成了！」咬金道：「侄兒，黃龍嶺還未能破，龍駕怎麼就救得出？」那番，羅通就把方才屠爐公主這番始末根由的言語細細一講。咬金不覺大喜道：「侄兒，你心中果肯與他成親麼？」羅通說：「伯父，又來了！他

❺ 鈍咒：在說唐征西全傳中，西涼界牌關守將王伯超，年九十六，使一根丈八蛇矛，重百二十斤。羅通時為薛丁山征西前部先鋒，與王伯超大戰一百回合，被王伯超刺中，五臟肝腸都流了出來。羅通盤腸於腰間，斬死王伯超後，一命歸陰。

是我兄弟仇人，我要與兄弟報仇，怎麼反與他成親起來？這是無非哄他。」咬金說：「侄兒，不是這樣講的。你兄弟身喪沙場，也是自己命該如此，何必歸怨於他？公主既有如此美意，肯在木楊城接引我邦人馬，共破番兵，救出陛下龍駕，是他一樁大大的功勞，也就算將功贖罪，可消得仇恨來了。侄兒，不是這等講！待等此番救駕之後，待我做伯父的與你為媒，成全這段良姻便了。」

正在營門講論，早有軍士報進說：「啟上元帥，屠爐公主不知為甚把關門大開，領了小番們多退去了。」羅通知道其意，吩咐四名家將：「有書一封，回家見太夫人，說不要悲傷，若日後救了陛下龍駕，自然取屠爐女首級，回家祭奠兄弟的。」四名家將領了元帥書信，竟是回家，往長安大路而行，我且不表。單講羅通傳令，大小三軍拔寨起兵，穿過黃龍嶺，一路竟往木楊城進發。

再說赤壁寶康王同丞相屠封、元帥祖車輪在御營飲酒，康王說：「元帥，報聞大唐救兵打破白良關、金、銀二川、野馬川，鐵雷三弟兄如此驍勇，俱皆戰死沙場，如此奈何？」祖車輪道：「狼主放心，鐵雷弟兄雖勇，皆是無謀之輩，故有失地喪師之禍。如今黃龍嶺公主娘娘，多謀足智，況有飛刀利害，自然守得住的。」

君臣正在議論之間，忽有探子報來：「啟上千歲，公主娘娘回軍了！」康王聽報，大吃一驚，說：「元帥，唐兵何其凶勇，破關如此甚急！王兒不守黃龍嶺，反領兵回來做什麼？」祖車輪說：「連及臣也不知是什麼意思，且去迎接入營，問個明白便了。」康王曰：「善！」車輪上馬，帶了番兵出營，一路迎接，來見公主，說：「公主娘娘在上，臣祖車輪在此迎接。」公主說：「元帥平身，隨俺家進營來。」車輪奉命，同進御營。俯伏說：「父王在上，臣兒見駕。願父王千歲，千千歲！」康王說：「王兒平身，賜坐！」旁邊問道：「王兒，那唐朝救兵實為利害，連破幾座關頭，殺傷數員上將。王兒為何不守黃龍嶺，反自回營何幹？」公主道：「父王在上，那唐朝小將羅通，邪法利害，臣兒飛刀多被他破了，所以難守此關，只得回來見父王。」康王聽說，心中十分納悶，只得與眾臣議論唐朝救兵到此，怎生破敵。這話不表。

且說大唐人馬相近到了木楊城，有探子報進，說：「啟上元帥，前面就是木楊城了。」羅通抬頭一看，果見番兵如山似海，圍得密不通風，那眾將軍大家驚駭。羅通吩咐大小三軍，到這邊平陽❻之地安營。軍士一聲答應，頃刻紮下營盤。羅通便叫：「程老伯父，如今待侄兒獨馬單鎗殺進番營，叫開木楊城，見了陛下，同軍兵殺出城來，聽見炮響，要伯父領眾侄兒攻進番營。正是外破內攻，不怕番兵不退。」程咬金說：「侄兒言之有理，須要小心！」羅通道：「這個不妨。」就把銀鎧紮束停當，跨上小白龍駒，提了梅花鎗，出了營門，豁喇喇衝到番營。把都兒看見，叫聲：「奇阿，那邊來的這個小將是甚麼人！難道是唐朝救兵不成？為甚麼單人獨馬的？」那都兒答道：「哥阿，不要管他，我們放箭。」紛紛的射將下來。羅通說：「營下的，休放箭！今已救兵到了，快快退兵。如有半聲不肯，本帥要踹營盤哩！」說罷，把鎗串動，冒著弓矢，一馬沖進。嚇得番兵魂不附體，箭多來不及放了，被羅通手起鎗落好挑，猶如彈子一般，有著咽喉的，有著前心的。番兵見不是路，只得讓一條路待他走。

這羅通進了第一座營盤，又殺進第二座營頭。不好了！驚動了番邦正將偏將，提斧拿刀，在羅通馬前馬後，刺的，劈的，斬的，這個羅通那裡在他心上！把鎗前遮後攔，左鉤右掠，落空的所在一鎗，去

❻ 平陽：猶言平坦。

掉了偏將幾人，那一鎗又傷了副將幾員，把馬一催，沖過了這一個營盤。在裡邊只見鎗刀閃爍，那裡見什麼路頭？羅通原是一個小英雄，開了殺戒，殺透第七營盤，方才到得護城河邊。只見木楊城上多是大唐旗號，喘息定了，一口氣望著南城而來。正要叫城，只聽：

一聲炮響轟天地，沖出番邦驍勇人！

不知沖出番將是誰，但看下回分解。

第十二回　蘇定方計害羅通　屠爐女憐才相救

詩曰：

一將焉能戰四門，卻遭奸佞害忠臣。
若非唐主齊天福，那許英雄脫難星。

羅通聽見炮聲響處，倒吃一驚。抬頭一看，只見一員番將沖到面前，把赤銅刀劈面斬來。羅通就把梅花鎗架定，喝聲：「你是什麼人？擅敢攔阻本帥進城之路！」那番將也喝道：「呔，唐將聽著！魔乃大元帥麾下大將軍，姓紅名豹，奉元帥將令，命魔家圍困南城。你可知魔的刀法利害麼？想你有甚本事，敢攪亂我南城汛地！」羅通也不回言，大怒，挺鎗直望紅豹面門刺來。紅豹說聲：「來得好！」把赤銅刀劈面相迎。兩將交鋒，戰有六個回合，馬有四個照面。紅豹赤銅刀實為利害，望著羅通頭頂上，劈面門「綽綽綽」亂斬下來。那時，羅通也把手中攢竹梅花鎗「噶啷叮噹」「叮噹噶啷」鉤開了，鎗逼開了刀。這一番廝殺不打緊，足足戰到四十回合，不分勝敗。那時惱了羅通，把鎗緊一緊，喝聲：「番狗奴，照鎗罷！」颼這一鎗挑進來，紅豹喊聲：「不好！」閃躲不及，正中咽喉，挑下馬來。那番正偏將、副偏將見主將已死，大家逃散，往營中去躲避了。羅通喘定了氣，走到南城邊，大叫道：「呔！城上那一位公爺巡城？快報與他知道，說本邦救兵到了，小爵主羅通要見父王，快快開城門，放我進去！」

少表這裡叫城，單講城上自從被番兵圍住，元帥秦瓊傳令在此，每一門要三千軍士守在這裡，日日差一位公爺在城上巡城。這一日，剛好輪著銀國公蘇定方巡城。他聽見城下有人大叫，連忙扒在城垛上，望底下一看，只見羅通匹馬單鎗在下，明知救兵到了，心下暗想說：「且住！我昨夜得其一夢，甚是蹊蹺。夢見我大孩兒蘇麟，滿身鮮血，走到面前說：『爹爹，孩兒死得好慘！這段冤內成冤，何日得清也？』說罷，我就驚醒。想將起來，此夢必有來因。莫不是羅家之事發了？他說冤內成冤，必然將我孩兒擺死了，要我報仇的意思。待我問他看。」

蘇定方叫一聲：「賢侄，你救兵到了麼？」羅通抬頭一看，心中想道：「原來就是這狗男女！罷，罷！今日權柄在他手中，只得耐著性氣。」正是：

英雄做作痴呆漢，豪傑權為懵懂人。

便答應道：「救兵到了！煩蘇老伯開城，待小侄進城，朝見父王龍駕。」定方說：「賢侄，你帶多少兵馬？幾家爵主？紮營在何處？程老千歲可在營中麼？」羅通道：「侄帶領七十萬人馬，幾家爵主，紮營在番營外面六七里地面，程伯父現在營中。」蘇定方說：「我家蘇麟、蘇鳳兩個孩兒可來麼？」羅通聽見此言，沉吟一回，說：「他二人在後面解糧，少不得來的。」蘇定方見他說話支吾，心中覺著：

「必定他要報祖父冤仇，把我孩兒不知怎麼樣處決了！故有番惡夢。」正是：

人生何苦結冤仇，冤冤相報幾時休。

「我若放他進城，此仇何時報雪？卻不道連我性命不保。倒不如借刀殺人，把一個公報私仇，以雪我兒之恨罷！叫這畜生四門殺轉。況番將祖車輪萬人莫敵，手下驍勇之輩，不計其數。叫他四門殺轉，必遭其害，豈不快我之心！」定方惡計算定，豈知天意難回：

思量自有神明助，反使羅通名姓揚。

蘇定方便叫聲：「賢侄，陛下龍駕正坐銀鑾殿，貼對南城。若把城門開了，被番兵沖進，有驚龍駕，豈不是你我之罪麼？」羅通說：「既如此，便怎麼樣？」定方說：「不如賢侄殺進東城罷。」羅通說：「就是東門！你快往東城等我！」羅通說罷，把馬一催，南城走轉來。

要曉得圍困城池，多是番兵紮營盤的。只有一條要路，各有大將幾員，把守出入之所，以防唐將殺出番營。餘外營帳，只有番狗，沒有番將的。羅通走到東門，正欲叫門，忽聽得城內一聲炮響，衝出兩員大將來了。你看他打扮甚奇，多是兇惡之相。一個是：

頭戴青銅獅子盔，頭如笆斗面如灰。
兩隻眼珠銅鈴樣，一雙直豎掃帚眉。
身穿柳葉青銅鎧，大紅袍上繡雲堆。
左插弓來右插箭，手提畫戟跨烏騅。

又見那一個怎生打扮？

頭上映龍綠紮額，面貌如同重棗色。
兩道濃黑眉毛異，一雙大眼烏珠黑。
內襯二龍官綠袍，外穿銅甲魚鱗葉。
手端一把青銅刀，坐下一匹青毛吼。

這兩個番將沖將過來，羅通大喝道：「呔！你們兩隻番狗，留下名來！」兩員番將大怒道：「你這小蠻子，要問魔家弟兄之名麼？乃紅袍大力子大元帥祖麾下，護駕將軍伍龍、伍虎便是。奉元帥將令，在此守東城汛地。你獨馬單鎗，前來送死麼？」羅通大怒，說：「我把你兩個番狗挑死！怎麼攔阻本帥，不容進城！你好好讓開，饒你們一死。若然執意攔阻馬前，死在本帥鎗尖上，猶如螞蟻一般，何足於惜！」伍龍、伍虎哈哈大笑道：「小蠻子，你想要進東城麼？只怕不能夠了！好好退出，算你走為上著。不然，死在頃刻！」

羅通聞說大怒，把鎗一擺，喝聲：「照鎗罷！」望伍龍面門刺來。伍龍把方天戟一架，馬打交鋒過去。伍虎把青銅刀一起，喝聲：「小蠻子，看刀！」豁綽直望頂梁上一刀砍下來。那羅通把鎗「噶啷」架開。這羅通本事雖然利害，如今兩個番將，刀戟兩般兵器，逼住了鎗，羅通只好招架尚且來不及，那有空工夫發鎗出去？算他原是年少英雄，智謀驍勇，百怕裡一鎗逼開了戟，喝聲：「番狗！照鎗罷！」一鎗望伍龍面門挑進來。伍龍把戟鉤開。這三人戰在沙場，一來一往，一沖一撞，正是：

鎗架戟，叮噹響噹叮；鎗架刀，火星迸火星。那三人，好似天神來下降；那三匹馬，猶如猛虎出山林。十二個蹄分上下，六條膀膊定輸贏。只聽得：營前戰鼓雷鳴響，眾將旗旛起彩雲。炮響連天，驚得書房中錦繡才人頓筆；吶喊聲高，嚇得閨閣內聰明繡女停針。

這三人殺到四十回合，羅通兩臂酸麻，頭眩滾滾，正有些來不得了，不覺發了怒，把鋼牙一挫，喝聲：「照鎗罷！」一鎗直望伍龍心口刺來。伍龍喊聲：「不好！」要把戟去鉤他，誰知來不及了，正中前心，死於馬下。伍虎見兄死了，心中一慌，不提防羅通趁勢橫轉鎗來，照伍虎腦後「噹」這一擊，打得頭顱粉碎，跌下馬來，嗚呼哀哉了。

兩名番將雖然多喪，這羅通還是喘息不住，殺得兩目昏花。行至護城河邊，把馬帶住，望城上一看，早見蘇定方已在城上，便高聲叫道：「蘇老伯，快把城門開了，待小侄進城。」蘇定方說：「侄兒，這裡東門正對番帥正營。那元帥祖車輪勇猛非凡，內有大將數員，十分利害，守定東門。如今開了東城，一定要沖殺進來，不要說千軍萬匹，也難敵他！如今料想你我兩人，寡不敵眾，怎生攔阻？」羅通道：「你不肯開城，難道飛了進來不成？」定方說：「賢侄，不是為伯父的作難，奈奉朝廷旨意，在此巡城，時時刻刻，用意當心，只怕沖進，所以東城開不得。你不如到北城進來罷！」羅通暗想：「蘇定方說話蹊蹺，好不煩惱！」便說：「也罷。我羅通殺得人困馬乏，若到北城，再推辭不得。」定方道：「這個自然。你到北城，我便放你進來。」

羅通只得把馬一催，往北城而來。一到北城，只聽番營裡一聲炮響，沖出兩員番將，生來醜惡異常，身長力大。羅通抬頭一看，不覺大驚，說：「不好了！我連踹七座營盤，傷去三員驍將，如今怎能又敵過這兩員醜惡長大之將？分明中了蘇定方之毒計！」只得喝聲：「呔！來的兩名番狗，快留下名來！」那兩員番將也喝道：「呔！小蠻子！你要問魔家之名麼？魔乃流國三川紅袍大力子祖元帥麾下先鋒專魔犴❶、妖魔呼是也。可惱你這小蠻子，有多大本事？不把我們兩個先鋒大將在眼內！東城不是我們把守，由你猖獗，你進了東城，就有命了。這北城是魔等汛地，你也敢來攪亂麼？真正分明自尋死路了！」

羅通聽了大怒，說：「番狗！本帥連殺二門，傷去了番將三員，盡不費俺氣力。你兩個，豈可不知死活，敢來攔住馬前？快讓本帥進城，饒你一死。若不避讓回營，動了本帥之氣，只怕命在頃刻！」專魔犴大怒，喝聲：「小蠻子，休得誇能！照打罷！」把手中兩鐵錘一起，直望羅通頂上打將下來。羅通把鎗一架，梟在旁首去了。妖魔呼也喝：「照斧罷！」就把手中兩柄月斧❷，蓋將下來。羅通把鎗桿子

❶ 犴：音ㄢˋ。本指產於中國北方的一種野狗，似狐而小，黑喙。

架在一旁，一馬沖鋒過去。那兩員番將好不利害！把錘、斧逼住，亂劈亂打，不在馬前，就在馬後。羅通戰乏之人，只好招架，沒有還鎗發出去。

專魔犴手中兩柄錘，好不利害！使得來只見錘，不見人，望羅通頭上緊緊打下來。妖魔呼兩柄斧頭，起在手中，也是左蟠頭，右蓋頂，雙插翅，殺得羅通吼吼喘氣。把鎗掄在手中，手裡邊左鉤右掠，前遮後攔，迎開錘，逼開斧，這一條鎗使動，朵朵梅花。這兩名番將，那裡懼你？只管逼住。惱了小英雄性氣，把身一搖，力氣併在兩臂，把鎗緊一緊，逼開了番將錘、斧，照定專魔犴咽喉，喝聲：「去罷！」不咚一聲，挑於馬下，跌落護城河內去了。妖魔呼一見，心內驚慌，把雙斧砍將過來。羅通把鎗架開，照著妖魔呼一撖子，妖魔呼喝聲：「不好！」連忙招架，來不及了，打在頭上，跌下馬來，一命嗚呼了。

那羅通又傷二員番將，心中好不歡喜。喘息定了，望城上一看，只見蘇定方早在上面，說：「蘇伯父，念小侄人困馬乏，再沒本事去殺這一城了。快快開城，放小侄進城！」蘇定方心中一想：「我要送他性命，故而不放進城。豈知這小畜生，本事十分驍勇，連殺三門，無人送他性命，這便怎麼處呢？不如叫他再殺至西城。那西城有番帥祖車輪把守，他驍勇異常，正有萬夫不當之勇。況這畜生，殺得人困馬乏，那裡是他對手？豈非性命活不成了！」定方算計停當，叫聲：「賢侄，為伯父的真正千差萬差了！害你團團殺轉來，該放你進城才是。乃奉元帥將令，北番城門開不得的！我若開了北城，元帥就要歸罪於我，這便怎麼處？」羅通聽言大怒，說：「你說話太荒唐了！你是興唐大將，我也是輔唐英雄。乃龍駕被困在城，到來救駕，為何不肯放我進城？反有許多推三阻四！南城不容進，退到東城！又不容進，

❷ 月斧：斧名。刀口呈偃月形，故名。

推到北城！如今又不放我進城，是何主意！還是道我有謀叛之心，還是你蘇定方暗保番邦，為此國賊？」

這句說話，唬得定方目定口呆，叫聲：「賢侄！非是我暗為國賊，因帥爺將令，故爾如此。」羅通道：「我且問你，這北城為何開不得？」定方說：「連我也不解其意。」羅通道：「總然開不得，今日救兵到了，就開了也不妨！若秦老伯父歸罪，有我羅通在此，決不害你！」定方說：「是麼？既是救兵，西城也進得的，必須要進北門的麼？」羅通道：「我知道了。我羅通若是生力❸，就走西門何妨？但我連戰三門，力怯人困，再走西城，分明你要斷送我性命也！」定方道：「賢侄的英雄，那個不知！諒這些番奴番狗，豈是賢侄對手？我焉肯送你性命！」羅通心下暗想：「我三關已破，何在為這一關？且殺至西門，看他怎麼處！難道又使我再走南門不成？」說：「也罷，我就走西城，不怕你推三阻四！」羅通把馬催動，望西城而來。

那羅通周圍殺轉，這番到西門，差不多天色已晚黑來了。只聽那邊銀頂葫蘆帳內一聲炮起，吶喊震搖，豁喇豁喇，沖出一員大將，後面跟了四十名刀斧。番將好不凶勇！沖上前來，喝聲：「呔！來的羅小蠻子，少催坐騎！這裡西城是本帥汛地，你敢前來送命麼？」羅通聽言，全無懼怯，也便喝：「呔，番狗！你有多大本事？敢在馬前擋我本帥之路！自古說讓路者生，擋路者死！快通名來！」番將呼呼大笑道：「小蠻子，你要問魔家之名麼？你且洗耳恭聽！本帥乃赤壁寶康王駕前，封為流國三川紅袍大力子大元帥祖車輪是也！可曉得我斧法精通？你這小蠻子，前來侵犯西城麼？」羅通大怒，喝聲：「我把你這狗番奴一鎗挑死，才出我氣！怎麼你把天朝帝君困在木楊城內？今日救兵已到，還不退營！阻住本

❸ 生力：氣力；有力氣的。

帥去路，分明活不耐煩了！」祖車輪道：「休要誇能，放馬過來！照本帥斧子罷！」即把混鐵開山斧往自己頭上一摩，豁綽望羅通頂梁上這一斧砍將過來。那羅通喊聲：「不好！」把攢竹梅花鎗往斧子上「噶啷啷」這一抬，倏忽跌倒雕鞍，馬多退了十數步。

要曉得羅通生力，則與祖車輪差不多。如今羅通連戰了三門，力乏的了，自然殺不過祖車輪。被他這一斧砍得來，面臉失色，豁喇一馬，沖鋒過去，圈得轉馬來，羅通把梅花鎗一起，說：「番狗奴！照本帥的鎗罷！」「插」這一鎗，望番將咽喉挑進來。祖車輪說聲：「來得好！」把開山斧架在旁首，馬交肩過去，英雄轉背回來，祖車輪連剁幾斧過來，羅通只好招架，並無閒空回鎗。看看戰到二十餘合，羅通有些鎗法亂了。

祖車輪見羅通氣喘不絕，思想要活捉回營，那時吩咐小番：「與我把羅通圍住，不許放他逃走！待本帥生擒活捉他來，有個用處。」小番一聲答應，把一字鎲❹、二鋼鞭、三尖刀、四楞鐧、五花棒、六纓鎗、七星劍、八仙戟、九龍刀、十楞錘，望著羅通前後，馬左馬右，就把：

一字鎲肩膊亂打，二鋼鞭掃在馬蹄，三尖刀面門直刺，四楞鐧腳上叮噹，五花棒頂梁就蓋，六纓鎗照定方心，七星劍劈著腦後，八仙戟搗在咽喉，九龍刀頸邊豁綽，十楞錘下下驚人。

好一場大殺！羅通喊聲：「不好了！」把梅花鎗掄在手中，前遮後攔，左鉤右掠，上護其身，下護

❹鎲：音ㄊㄤˇ。兵器，似叉，亦稱鎲鈀、鎲叉，為半月形，或當中有鎗尖，兩邊出翅。

其馬：

鉤開一字钂，架掉二鋼鞭，逼下三尖刀，按定四楞鐧，攔開五花棒，掠去六纓鎗，遮掉七星劍，閃過八仙戟，抬住九龍刀，掃去十楞錘。

原也利害！祖車輪這一柄斧子，好不驍勇！逼定羅通廝殺，不分回合的猛戰。正是殺在一堆，戰在一起，圍繞中間，殺個翻江攪海一般！

羅通心內著忙，眼面前多是鎗刀耀目，並沒有逃生去路。手中鎗法慌亂，人又困乏，頭眩滾滾，性命不保，只得喊聲：「我命休矣！誰來救救？」祖車輪說：「小蠻子，你命現在本帥掌握之中，休要胡思亂想，逃脫蟻命！圍定在此，決無人救你，快快下馬投降，方免一死，不然，本帥就要生擒了！」唬得羅通魂不附體。正是：

若非唐主洪福大，焉得羅通命保全？

畢竟不知怎生逃脫，且看下回分解。

第十三回　破番營康王奔逃　殺定方伸雪父仇

詩曰：

數年冤恨到如今，仇上加仇洗不清。
羅通險失車輪手，虧得屠爐作救星。

那羅通看見馬前馬後，多是鎗刀，並沒去路，只叫：「我命休矣！」驚動城上蘇定方，在垛內見了，不勝歡喜：「如今這小畜生，性命一定要送番兵手內的了！為此借刀殺人，我孩兒仇恨已報！」

不表蘇定方在城上得意。單講御營盤內赤壁寶康王同了屠封丞相、屠爐公主等，正坐龍位，此時正張掛銀燈，忽聽得外面殺聲振地，金鼓連天，忙問道：「營外為何吶喊？」小番稟道：「啟上狼主，只因外面有一南朝小蠻子，名喚羅通，十分利害，連殺三門，無人抵敵。如今在西城被元帥圍住，將要活擒蠻子了！」屠爐公主聽見，心內吃驚，暗想：「我把終身托他，叫小將軍殺進番營，共救南朝天子。如今他在西城廝殺，一定人困馬乏。況且祖車輪斧法精通，必然性命不保！倘有差遲，豈不怨恨於我？不如出營前救護夫君，也表我一片真心為他。」公主算計已定，開言叫聲：「父王！南朝這羅通驍勇異常，兒臣飛刀尚被他破掉，何在祖元帥！這叫來者不善，善者不來。雖是這些番將圍住，也難擒他。不如待兒臣前去，助元帥一臂之力，捉了羅通。」康王大喜，說：「王兒言之有理，快快前去！」

那時公主上馬，提了兩口繡鸞刀，出了番營，並不帶番婆、番女，竟走西城。抬頭一看，只見圍繞一圈子，在裡廝殺。聲聲只聽得叫：「我命休矣！誰來救救？」公主暗想：「分明在那裡叫我。」連忙沖前一步，大叫：「眾將閃開！元帥，我來助戰，共擒羅通！」眾番將殺得氣喘吼吼，聽見公主娘娘來，大家閃在一旁，讓著屠爐公主。這一馬沖過來，相救羅通之事，我且慢表。

先講木楊城內貞觀天子李世民，坐在銀鑾殿上，兩邊眾公爺站立，徐茂公立在左側。皇爺開口叫聲：「徐先生，你的陰陽當初件件有準，到今朝，程王兄討救之事，卻有差了。」茂公說：「陛下何以見臣陰陽不準呢？」朝廷道：「前日程王兄去討救兵的時節，先生也曾算他今日辰刻❶，救兵到木楊城了。如今寡人在此候了一天，不要說辰刻，如今已到戌刻❷，還不見至，想救兵今日一定不來的了，豈不是先生陰陽不準？城中糧草看看盡了，再是五天，救兵不到，絕了糧草，還有什麼天賜王糧到來不成？」茂公道：「陛下龍心請安。臣陰陽有準，算定今日辰刻救兵到，一些不差。救兵，辰刻已到木楊城了。」

皇爺說：「先生，怎麼既然辰刻到的，為什麼至晚還不進來見寡人？」茂公叫聲：「聖上！有位小公子獨馬進番營，奈城門緊閉，又被番兵困住在城外廝殺，故爾辰刻至晚，不見進來。」朝廷說：「有這等事？」側定耳朵，聽一聽，說：「阿唷！」只聽得外邊砲響連天，戰鼓似雷，喊響齊聲，鬧殺不住。

---

❶ 辰刻：約早上七至九點。

❷ 戌刻：約晚上七至九點。戌，音ㄒㄩ。

那朝廷聽罷，龍顏大怒，說：「秦王兄，今日輪差那位官員巡城？這等欺朕！救兵辰刻到的，至晚還不來奏，閉住城門，不放御侄進來，是什麼意思？」秦瓊叫聲：「陛下，今日乃銀國公蘇定方巡城，不知他為什麼緣故，不來奏知。」尉遲恭不覺大怒，說：「陛下，那蘇定方不來奏知我王，分明欺君，暗為國賊！一定他反了！待臣前去擒來。」那時尉遲恭跨上雕鞍，出了午門，竟走北城去了。不必說他。

茂公開言叫：「秦三弟，你快令眾將，連夜沖殺番營，好外應裡合，一陣成功！」叔寶領了茂公之命，遂傳令各營大小三軍，披掛端兵，擺齊隊伍，先鋒、副總，多是披掛起馬。馬、段、殷、劉、王五將，大家跨上馬，刀的刀，鎗的鎗，各帶能幹家將數十，出了銀鑾殿，燈毬亮子，照耀如同白晝。秦元帥領三軍往北城來，且慢表。這裡馬三寶、段志遠、殷開山、劉洪基各帶三軍，殺出四門，我且不表。

又要說外面番將圍繞羅通，正在廝殺，見屠爐公主上來，大家閃在一邊，讓公主沖到祖車輪馬前，喝聲：「啲，羅通！照刀罷！」綽這一刀，望祖車輪頂梁上砍下來。車輪不曾提防，要躲閃也來不及了，說：「阿呀，公主！怎麼斬錯了？」口內叫斬錯，頭偏得一偏，貼中左肩，一隻膊子砍了下來，在馬上翻身倒地。羅通見了，滿心歡喜，縱一步，馬上望車輪一鎗，刺個後背透前心！可憐一員大將，死於非命。那些眾番兵見公主斬下元帥膊子，大家喧嚷：「公主娘娘反了！」唬得屠爐女面如土色，到望那一首跑了過去。羅通如今膽大了，串動梅花鎗，見一個挑一個，好挑哩！

一邊在此戰，再講到城內。尉遲恭沖上城頭，他是個莽大夫，叫一聲：「拿反賊！蘇定方，不要走！」豁喇喇，一馬沖過來了。這蘇定方聽言，心內一跳，回轉頭看時，卻原來是尉遲恭，心內倒覺著自己不是了，忙叫心腹家將，快快下去開城逃命。定方提了大砍刀，下落城頭。四員家將把城門大開，墜下吊橋，一個蘇定方沖出城去了。尉遲恭大怒，說：「阿唷唷，可惱，可惱！天子有何虧負你？敢背反朝廷，私開北城！倘有番兵沖殺來，豈不有驚龍駕！你思想還要逃走性命麼？」隨後趕出城來。

蘇定方拚命縱過吊橋，卻正遇羅通馬到跟前，見了，不覺大怒，說：「蘇定方，你往那裡走！」這一聲叫，嚇得定方魂不附體，帶轉馬，望那一首跑去。正逢屠爐公主沖來，他聽得羅通叫聲：「反賊蘇定方！」必定要捉他的意思。見定方沖過來，他就縱一步馬向前，照著蘇定方，夾背領一把抓住，說：「在此間了！」提在手中，望著羅通那邊一撩。羅通雙手接住，回頭看見尉遲恭在吊橋上，叫聲：「尉遲老伯父，待小侄丟蘇賊過來，你接著！」把定方一丟。敬德說：「在這裡了！」接過來，捺住判官頭上，帶轉絲韁，進城去了。

只見叔寶領兵沖出，便叫：「秦元帥，蘇定方已被末將擒住在此，不勞元帥費力。」叔寶說：「本帥奉軍師之命，連夜沖殺番營，一陣成功！尉遲將軍，快把蘇定方拿往銀鑾殿見駕，速來助戰。」尉遲恭應道是：「某家知道。」尉遲恭忙到銀鑾殿，說：「陛下，蘇定方拿在此間了。」天子說：「將這反賊綁在龍柱，王兄前去助元帥沖營回來，然後處決！」尉遲恭一聲「領旨」，綁了蘇定方，就往北城沖出。

先講秦瓊帶領諸將沖過吊橋，見了羅通，說：「侄兒，伯父在此，大膽沖踹番營，就要裡應外合，一陣成功了！」羅通見伯父如此言，就放出英雄本事，一騎馬沖到營前，手起鎗落，好挑哩！

屠爐公主聽說唐兵沖踹，假意喊聲：「不好了！唐將驍勇，爾等還不逃命，等待何時？」口內說這句話，手中刀好似切菜一般，把自家番兵亂剁，人頭碌碌亂滾，如西瓜相似。有的說：「公主娘娘反了！」就是一刀。殺得這些番兵「反」字多不敢叫，由著屠爐公主見一個殺一個。沖進御營盤，假意說：「父王、父親！不好了！南蠻利害，踹進番營、御營來，快些逃命！兒臣在此保駕斷後。」康王聽言，魂飛魄散，相同丞相跨上雕鞍，叫聲：「王兒，保魔逃命！」棄了御營，不管好歹，竟自走了。

只見外邊煙塵抖亂，盡是燈毬亮子，喊殺連天，震聲不絕，營頭大亂，奪路而走。後面公主雖是斷後，卻回頭看看羅通在那一邊廝殺，就把頭顛顛，說：「你隨我來。」羅通公然安心，串串梅花鎗，隨定公主馬後，不住的亂打亂刺。秦瓊領了諸將三軍，跟住羅通，冒殺上來。他這條提爐鎗，好不了當！撞在馬前就是一鎗，也有刺在面門，也有刺入前心，也有傷在咽喉，死者不計其數。挑人如打戰，吶喊似雷聲。一個公主在前引路，喊聲「不好了」，一刀，說「父王快走」，又是一刀，喊叫百來聲「父王不好」，殺了百來個人了。這兩口刀掄在手中，好殺！也有砍破天靈蓋的，也有頭落塵埃的，也有連肩卸背的，殺得來：

天地愁雲起，烏鴉不敢飛。
狂風喧四野，殺氣燄騰騰。
棄下營和帳，卸甲走如飛。

東有平國公馬三寶、定國公段志遠二位老將，領三千人馬沖踹番營。馬將軍手內金背蔡陽刀❸舉起，上面「摩雲蓋頂」，下面「枯樹蟠根」，豁綽亂剁。段將軍手中射苗鎗串動，朝天一炷香，使下透心涼，

❸ 蔡陽刀：蔡陽，東漢末年曹操部下名將，建安六年兵敗為劉備所殺。傳說蔡陽乃天下用刀名家，刀法極精。

見一個挑一個，見兩個刺一雙。慘慘愁雲起，重重殺氣生。西城有開國公殷開山、列國公劉洪基二位老將，帶三千人馬沖殺過來。殷將軍這條紅纓鎗，好不利害！左插花，右插花，月內穿梭，颼颼的亂挑個不住。劉將軍擺開象鼻刀使動，上面量天切草，下面護馬分鬃，人頭亂滾，血流成河，屍骸疊疊。有長國公王君可，把手中青龍偃月刀，不管好歹，撞在刀頭上就是個死。

那一首尉遲恭好不了當！舉起烏纓鎗，朵朵蓮花相似。坐馬兒即著得一鎗，傷人性命無數。番兵屍首，堆得土山一般。大家只要逃得性命，奪路而走。四門營帳，多殺散了，歸到一條路上逃命。

這一首羅通隨定公主廝殺。看來營頭大散，遂發信炮一聲，驚動程咬金老將軍，叫聲：「眾位侄兒，發信炮了，快些沖營！」那些將士上馬提刀，帶領了大小三軍，咬金舉起手中斧子，領了眾公子，豁喇喇，冒上來了，把這些番兵番將裹在當中，好一場廝殺！內邊眾老將殺出來，外邊眾小將殺進去，殺得番邦人馬無處奔投，可憐：

血流好似長流水，頭落猶如野地瓜。

這一殺不打緊，殺得番兵神號鬼哭，追殺下去有八十里路。逃命無數，傷壞者也不少，草地上的屍骸，斷筋折骨者，分不出東西南北。正所謂：

一陣交兵力不加，人亡馬死亂如麻。
敗走番人歸北去，從今再不犯中華。

這一首秦元帥，發令鳴金收兵。只聽一聲鑼響，各將扣定了馬，大小三軍多歸一處，齊集隊伍，退轉木楊城去了。

如今再講到赤壁寶康王，雖有屠爐公主同屠封丞相保護，只是嚇得來魂飛魄散，伏在馬上，半死的了。丞相見唐兵多退了，方敢把馬扣住，說道：「狼主甦醒，唐將人馬退去了。」康王那時才信，說：「阿唷唷，嚇死魔也！嚇死魔也！」吩咐且紮營。這一首紮住營盤，公主進了御營，康王說：「王兒！虧得你斷後，截住唐兵，魔家性命不送。若沒有王兒，魔千個殘生，也遭唐將之手了！」公主心下暗想：「好昏君！我心向唐王，殺得你大敗，還道我保著自家人馬，真正是呆痴懵懂之君了！」遂回言道：「父王！唐將實為驍勇，兒臣難以抵擋，所以有此損兵折將。望父王赦罪！待兒臣出去收軍。」說罷，遂走出營外，嘯動催軍鼓。也有願者轉來，不願者，竟逃命走了。

三通鼓完，番兵齊了，點一點，二十五萬番兵，不見了二十萬，止剩得五萬，還是損手折腳的。就是大將，共傷一百零三員。康王叫聲：「王兒，魔開國以來，未嘗有此大敗！今殺得片甲不存，元帥又遭陣亡。孤掌北番，不能爭立稱王，到不如獻了降書罷！」屠封說：「狼主，降順大邦，不待而言。但唐兵已退，不來追殺，也蒙他一點好生之意。我們且退下賀蘭山，整備降書降表，看他們來意若何。唐王起兵到賀蘭山來，我們歸順。不來，我們也不要去投降。」康王說：「丞相之言有理。」吩咐埋鍋造飯。屠爐公主只等唐邦媒人到來說親。

再說到眾國公與眾爵主領兵入城，皆住內教場。元帥同眾大臣上銀鑾殿，有程咬金啟奏說：「老臣奉旨討救，一路上因關津阻隔，所以來遲，望陛下恕罪。」朝廷說：「王兒，說那裡話來！朕蒙老王兄豪傑，獨馬殺出番營，往長安討救，其功浩大！請王兄平身。」咬金謝恩起身。又有一起小爵主俯伏說：「陛下在上，小臣秦懷玉、程鐵牛、段林、滕龍、盛蛟見駕。不知萬歲被困番城，所以救駕來遲，罪該萬死！」朝廷說：「眾位御侄平身。寡人被困番城，自思沒有回朝之日，虧得眾御侄英雄，殺退番邦人馬，其功非小，更有何罪？」眾小爵主道：「願我王萬歲，萬萬歲！」大家起身，站立一邊。

單有羅通淚如雨下，不肯起身。朝廷一見，大吃一驚，說：「王兒，你有什麼冤情，如此痛哭？快快奏與寡人知道。」羅通哭奏道：「阿呀，父王阿！要與兒臣伸冤阿！」朝廷說：「王兒既有冤情，須當一一奏聞。」羅通說：「兒臣當初未及三歲，父親早喪，年幼閉戶在家，也不知其細。不道前日父王旨意，命程伯父到長安討救。兒臣思想救父王龍駕，所以奪了二路掃北元帥之印，因樂然領人馬到白良關。其時正遇守關將利害，難以得破，悶坐營中，忽朦朧睡去，見我祖父、父親到跟前，身帶箭傷，說：『不孝畜生！你祖父、父親為王家出力，死於非命，你不思與祖父、父親報仇，反替不義之君出力！』」

朝廷說：「王兒，有這等說？應該就問他那一個不義之君！」羅通道：「臣兒也曾相問，他說：『為父與當今天子太宗出力，乃一旦陷於泥河，亂箭慘亡，身遭蘇定方毒手。朝廷不與功臣雪恨，反把仇人封妻蔭子。你若要與皇家出力，倘後身亡，那時羅門三代冤仇，誰人得報？』說罷驚醒，兒臣才知蘇定方是大仇人了。已後破關過來，單鎗獨馬，殺進番營，為何蘇定方不肯開城，反使兒臣團團殺轉？幸虧兒臣鎗法利害，敵住鬥戰。不然，被番將傷了，一條性命，白白又送與定方毒手。這倒還可，為兒臣者，該當盡忠於父王，以立勳名於麒麟閣。但傷了兒臣，父王龍駕困在番城，誰來保救？伏望父王龍心詳察，蘇定方懷仇，欺君誤國，該當何罪？」

朝廷聽言大怒，說：「阿唷，阿唷！可惱，可惱！寡人有何虧負這逆賊，竟敢用暗算毒計，心向番王，把寡人的龍駕戲弄，真正是一個大奸大惡的國賊了阿！王兒，你把蘇定方怎樣處治了，與祖父報仇！待朕設奠，親自請罪羅王兄便了。」羅通方才謝恩：「願父王萬歲，萬萬歲！」立起身，來到龍柱上解下綁縛，扭將過來。這蘇定方口稱：「罷了，罷了！我死去，與羅門仇深海底矣！」朝廷說：「王兒且慢動手，傳旨與光祿寺❹備筵，當殿御祭。」這一邊銀鑾殿上擺了一桌酒肴。羅通拜了四拜，扯起一口寶劍，叫聲：「祖父、父親！今日陛下親在賜祭，仇人也在此，孩兒與你報仇了！」就把劍望蘇定方心內豁綽一刀，鮮血直冒，把手一撈，撈出一顆心肝。定方跌倒塵埃，一員大將，歸天去了。底下有撓鉤手搭去屍骸，不必細表。

單講羅通把這顆心肝放在桌上，說：「祖父、父親！仇人心肝在此，活祭先靈，慢飲三杯，安樂前去，超生極樂！」朝廷說：「羅王兄陰魂渺茫，朕欲待拜你一拜，但君不拜臣，秦王兄與寡人代拜一拜。」秦瓊走過來，拜了一番。這一首眾公爺也來相拜。

❹ 光祿寺：宮廷司膳官署。

君臣義重今相見，父子情深舊所聞。

畢竟屠爐公主姻事如何，且看下回分解。

第十四回　賀蘭山知節議親　洞房中公主盡節

詩曰：

奉旨番營去議親，康王心喜口應承。
屠封送女成花燭，結好唐君就退兵。

眾公爺拜過，小英雄也拜了一番。那時朝廷傳旨，大排筵席，欽賜眾公爺、小爵主等御酒已畢，朝廷開言，叫聲：「程王兄，前日你去時，寡人見你獨馬踹進番營，營頭不見動靜，害得寡人吊膽提心，實不知其細。朕只道王兄死在營中，那知卻到了長安！你如今把出番城到長安討救事情，細細講一遍。」咬金道：「臣倒忘了。臣蒙徐老大人美薦，奉旨單騎討救。我原不想活的，所以拚著命，殺進番營。連臣也自不信，自一進番營，使動斧子，比前精神多了！他們什麼祖車輪不車輪，手中使動大斧，砍一斧來，原利害不過！再不道臣的斧子，如有神仙相助一般，力也大了！就被臣這柄斧子去架得一架，他就翻下地來。這些番兵，那敢攔阻我的去路！被我搖動斧子，殺出番營，討得救兵到此。要萬歲爺封我一字並肩王。」

徐茂公說：「陛下在上，這程咬金有欺君之罪，望我王正其國法！」咬金說：「你這牛鼻子道人，你屢屢算計我這條老性命！我有什麼欺君之罪？」茂公冷笑道：「我且問你！你當初怎樣殺出番營？怎樣到長安討救？你直說了，算你大功。你是隨口胡言，好像沒有對證的。說什麼祖車輪斧法不如你，被你架落塵埃，只怕你倒說轉了！分明你被他架下塵埃有之。」咬金說：「你賴我並肩王倒也罷了，怎麼反說臣討救也是假的？我若跌下番營，人已早早死了，救兵那裡來的呢？」茂公道：「我問你，謝映登你可見不見？」咬金聽說，心內吃驚：「當真二哥是活神仙了！」假意說：「二哥，你一發問得奇，那裡見什麼謝映登！若說謝兄弟，當初走江都考武，他解手就不見了，你為何如今倒假不知起來？」茂公說：「你現在此謊君！這番營內好不利害！你年已六旬，若沒有謝兄弟相救，你焉能到得長安，活得性命？如今反在陛下面前稱贊自能，分明一派胡言。刀斧手！與我把這謊奏欺君的狗頭綁出午門，以正國法！」兩旁刀斧手一聲答應，嚇得咬金魂飛魄散，慌忙說道：「望陛下恕罪，果是謝映登相救！待臣直奏便了。」

朝廷喝退刀斧手，說：「程王兄，且細細說與寡人知道。」咬金把謝映登為仙搭救情由，細細的講了一遍。眾公爺大家稱奇。茂公說：「何如？陛下。程咬金謊奏我王，其罪非小。須念他一番辛苦，到長安討了救兵前來，將功折罪，沒有加封。」咬金說：「我原不想封王的。」大家一笑，各回衙署。不表。

且講那咬金一到明日，打點要做媒人。將要上朝，見了羅通，說道：「侄兒，為伯父的今日奏知陛下，與你作伐，前往賀蘭山去說親。」羅通大驚，說：「伯父，這賤婢傷我兄弟，還要雪仇，怎麼伯父要去說親！我羅通希罕他成親的麼？」程咬金說：「你既不要他，為何在陣上訂了三生？立下千斤重誓？故此肯與你出力。」羅通說：「這是我原是哄他的。因要救陛下龍駕，與他設訂三生的。」咬金說：「嗳，侄兒，為人在世，這忠孝節義，多是要的！你既要與兄弟報仇，不該與他面訂良姻。屠爐公主有心向你，也有一番大力，在賀蘭山懸望。你若不去，必要全他手足之義，這男子漢信行全無，從來沒有這個道理！如今為伯父的作主，自然與你們完聚良姻。」

說罷，竟上銀鑾殿，俯伏塵埃，啟奏道：「陛下龍駕在上，臣有一事，冒奏天顏，罪該萬死！」朝廷說：「王兄有何事所奏？不來罪你。」咬金道：「陛下，那赤壁寶康王有位屠爐公主，生來有沉魚落雁之容，閉月羞花之貌。前日在黃龍嶺與羅賢侄約下良緣，撇去飛刀，退到木楊城。就是賢侄殺四門，被元帥祖車輪困住，險些喪了性命，幸虧公主相救，領引我兵馬沖踹番營，心向我主，與陛下出力，也有一番大功勞。伏望我皇降旨，差使臣官前去說盟做媒，未知陛下龍心如何？」朝廷聽說大悅，說道：「如此講起來，寡人倒虧屠爐公主女暗保的了！何不早奏？就命程王兄，前去說親作伐罷！」咬金見太宗允奏，心中大悅，說：「領旨！」

那羅通慌忙俯伏奏道：「父王在上，那屠爐女是兒臣大仇人！我兄弟羅仁，才年九歲，與父王出力，傷了鐵雷八寶。已後開兵，死在賤婢飛刀下，可憐斬為肉泥而亡。兒臣還不與弟報仇，反與他成親，兄弟陰魂，焉能瞑目？望父王不要差程伯父去說親！」朝廷說：「他既傷了你兄弟，為何又在陣上交鋒，與他訂起良緣來呢？」羅通說：「兒臣怕他飛刀難破，所以與他假訂絲蘿，要他撇去飛刀，救得陛下龍駕，方替他成親。故而他退至木楊城，引我人馬大破番營。這是要救父王之困，哄騙言辭。兒臣豈是貪他的麼？」朝廷說聲：「王兒，不是這說！既他傷了二御侄，你欲報此仇，也是大義，就不該與他陣上聯姻了。他既把終身托你，暗保我邦，大獲全勝，也有一番莫大的真功勞與寡人也。這信字是要的！若不去說親，他在賀蘭山懸望，豈不是王兒忘了恩情？就是傷了二御侄，也算為國家出力，兩國相爭，各為其主，乃是誤傷。已後你被祖車輪元帥圍住，屠爐公主若不相救，王兒焉能得脫此難，逃得性命？也算有恩與你。這恩與仇，兩下俱可退銷得來的了。如今不必再奏，寡人作主，決不有誤！程王兄，速速前去說親。」咬金領旨。如今羅通不敢再奏，只得悶悶然立在一邊。

這一回，程咬金把圓翅烏紗在頭上按一按，大紅蟒袍在身上邊拎一拎，腰裡邊金鑲玉帶整一整好。出了銀鑾殿，跨上雕鞍，帶領四員家將，離了木楊城，一路行來。到了賀蘭山上，有把都兒們一見，說：「哥哥兄弟，那、那、那，那邊行下來的是什麼人？我們這裡沒有這個官員，想必大唐來踹營，剿滅我山寨麼？」那一個說：「噯！兄弟，你又來了！若是剿山寨，有人馬來的。如今只得五人，又無器械，那裡像是什麼踹營的！我們且扣住了弓箭，問一聲看。」那個又說：「得，哥哥講得不差。」大家扳弓搭箭，喝聲：「嘁！來者何官？少催坐騎，看箭哩！」那個箭，不住的射將過來。程咬金把馬扣定，喝聲：「嘁，營下的！快報與康王狼主知道：今有大唐朝魯國公程咬金，有國家大事要來求見你邦狼主，快些報進去！」

這一邊，小番報進來了，報：「啟上狼主知道，有大唐朝來了魯國公程咬金在山下。」康王聽言，嚇得魂不附體，說：「住了，他帶領多少人馬前來？」小番說：「人馬一個也沒有，只得四名家將，五人來的。」康王說：「可有兵器？身上還是戎裝，還是冠帶？」小番道：「也無兵器，也不戎裝，卻是文官打扮的，紗帽紅袍。」康王道：「他對你講什麼？」小番道：「他說：『快報你們狼主千歲知道，今有大唐朝魯國公，奉旨有國家大事，要來求見你們狼主。』」康王聽見此言，才得放心，便叫聲：「丞相，他們得勝天邦，孤只等他兵馬到來，就要投順的。為何反不統兵，到是文裝獨馬而來，善言求見，不知有何事情？丞相不要輕忽了他，好好下山，去接他上來。」屠封說：「臣領旨！」他就整頓朝衣，出了營盤，後隨四名相府家人，滔滔的下山來了。

有小番喝道：「那一邊天朝來的魯國公爺，請上山來，相爺在此迎接。」程咬金聽見，把馬帶上一步。有屠封丞相，趨步上前，說：「不知天邦千歲到來，有失遠迎，多多有罪！」咬金一見，滾鞍下馬，說道：「不敢，不敢！孤家有事相求，荷蒙丞相遠迎，何以克當？請留臺步。」二人攜手上山。底下有兩名家將帶住了馬，這兩名跟隨了程咬金上賀蘭山來。

進入御營，程知節❶一揖，說：「狼主駕在上，有天朝魯國公程咬金見狼主千歲。」這康王一見，連忙走下龍案，御手相攙，叫聲：「王兄平身。取龍椅過來！」咬金說：「狼主龍駕在上，臣本該當殿跪奏才是。奈奉君命在身，又蒙狼主恩旨，理當侍立所奏，焉敢坐起來！」康王說：「蒙王兄到孤這座草莽山中來，必有一番細言，自然坐了好講。」咬金說：「既如此，謝狼主臺命！」他就與屠封丞相兩下分賓主左右坐了。有當駕官烹茶上來，用過一盃，康王就問說：「王兄，魔家錯聽祖元帥之言，一旦冒犯天朝聖主，今為失機敗將，悔之晚矣！今見了王兄，自覺慚愧無及。」程咬金叫聲：「狼主，又來了！只因番兵利害，困住四門，我主無法可退，故此使臣到長安討救兵。那些小爵主們年幼無知，倚仗

❶知節：程咬金字知節。見說唐。

少年本事，傷了千歲人馬幾千，有罪之極！」康王說：「王兄說那裡話！魔家在營門正欲獻表降順，不知王兄奉旨所降何事？」

咬金說：「狼主在上，臣奉旨而來，非為別事，只因萬歲有個乾殿下，名喚羅通，才年一十四歲，才貌雙全，文武俱備，還未聯就姻親。我主聞得千歲駕下有位乾公主，貌若西施，武藝出眾。意欲與狼主結成秦晉，訂就良姻，以成兩國相交之好。未知狼主龍心如何？」康王聽言大喜，說道：「王兄，敢蒙天子恩旨，理當聽從。但魔家是敗國草莽，就有公主，只當山雞野雉一般。聖天子是上邦主，乾殿下似鳳凰模樣，這叫山雞怎入鳳凰群！既蒙聖主抬舉，待魔差屠丞相送公主到木楊城來，伏侍殿下便了。」咬金大喜，說：「既承狼主慨允秦晉之好，快出一庚帖❷，與臣去見陛下，選一吉日，奉送禮金過來。」康王吩咐取過一個龍頭庚帖，御筆親書八個大字，付與咬金。咬金接在手中，辭別龍駕，出了御營。屠封送至山下。咬金叫聲：「丞相請留步，孤去了。」

那時跨上雕鞍，帶了四名家將，竟望木楊城來見駕。俯伏銀鑾殿階下，叫聲：「萬歲，臣奉旨前往賀蘭山說親，前來繳旨。」朝廷說：「平身。此去番王可允否？細奏朕知道。」咬金說：「陛下在上，臣去說親，番王一口應承，並無一言推卻，候陛下選一吉日，就送來成親。」朝廷大喜，說：「既如此，明日王兒行聘，著欽天監❸看一吉日，與王兒成親。」擇在八月中秋戌時結姻。

---

❷ 庚帖：訂婚時男女雙方交換的帖子，寫有姓名、生辰八字、籍貫、祖宗三代等。以其載有年庚，故名，也叫八字帖。

❸ 欽天監：掌管觀察天象、推算曆法的官員。

光陰迅速。到了八月十五，這裡朝廷為主，準備花燭。那邊康王命丞相屠封親送公主到木楊城內。來到北關，元帥秦瓊出來迎接，接入午門，同上銀鑾。屠封上殿，俯伏說：「南朝天子在上，臣屠封見駕，願陛下聖壽無疆！」貞觀天子叫聲：「平身！」降旨光祿寺設宴，尉遲王兄陪屠丞相到白虎殿飲宴，命秦瓊、程咬金到安樂宮與殿下結親。羅通跪下，叫聲：「父王在上，屠爐女傷我兄弟，仇恨未消，怎麼反與他成親？此事斷然使不得！望父王赦臣違逆之罪。」朝廷聽言，把龍顏一變，說：「唗！寡人旨意已出，你敢違逆朕心麼？」羅通見父王發怒，只得勉強同了秦、程二位伯父安樂宮來。教坊司❹奏樂，贊禮官❺唱禮。午門外公主下輦，二十四名番女簇擁進入安樂宮，交拜天地，拜了大媒程咬金，拜過伯父叔寶，然後夫妻交拜一番。止不過照常一般，人人皆如此的，不必細說。叔寶、咬金回到白虎殿，與屠封飲酒。

不表白虎殿四人飲酒。再講羅通吃過花燭，光祿寺收拾筵席。番女伏侍公主過了，退出在外，單留二人在裡面，好等他睡。羅通一心記著兄弟慘傷之恨，見公主在眼前，怒髮沖冠，恨不得一刀兩段。胸中火氣忍不住起來，立起身，大喝道：「賤婢阿賤婢！你把我九歲兄弟亂刀砍死，冤仇如海！我羅通還要與弟報仇，取你心肝五臟，祭奠兄弟！此乃大義。虧你這樣不識時務，不知羞醜。賤婢！思量要與我成親！如非還我一個兄弟，也不要你這一個賤婢配合！」公主聽言，心內大驚，火星直冒，羞醜也不顧，叫一聲：「羅通阿羅通！好忘恩負義也！前日在沙場上，你怎麼講的？曾立千斤重誓，故我撇下飛刀，

❹ 教坊司：管理宮廷音樂的官署。

❺ 贊禮官：祭祀或舉行婚喪典禮時在旁宣讀行禮項目的人。

引進黃龍嶺，共退自家人馬，皆為如此。到今日，你就翻面無情了！」

羅通說：「這怕你想錯了念頭！我立的乃是鈍咒，那個與你認起真來！人非草木，我羅通豈可不知？你領我兵殺退自家人馬，只算將功贖罪！不與弟復仇，饒你一死，就是我的好意了。豈肯與你這不忠不孝的畜類番婆成親？你父屠封現在白虎殿，快快出去，隨了他退歸番國賀蘭山，饒你一命！如若再在宮中，我羅通就要與弟報仇了！」公主道：「羅通！何為不忠不孝？講個明白，死也瞑目！」羅通說：「賤婢！你身在番邦，食君之祿，不思報君之恩，反在沙場不顧羞恥，假敗荒山，私自對親，玷辱宗親，就為不孝！大開關門，誘引我邦人馬沖踹番營，暗為國賊，豈非不忠！」公主一聽此言，不覺怒從心上起，眼內紛紛落淚，說：「早曉羅通是個無義之輩，我不心向於他邦！如今反成話柄，倒來反駁我不忠不孝！罷了！」叫聲：「羅通！你當真不納我麼？」

羅通說：「我邦絕色才子，卻也甚多，經不得你看中了一個，也為內應，這座江山送在你手裡了！」公主聽見，暗想：「他這些言語，分明羞辱我了！那裡受得起這般慚言惡語？難在陽間為人！噯，羅通阿羅通！我命喪在你手，陰司決不清靜，少不得有日與你索命！」把寶劍抽在手中，往頸上一個青鋒過嶺，頭落塵埃！可惜一員情義女將，一命歸天去了！羅通見公主已死，跑出房門，往那些殿亭遊玩去了。

次日，幾名番女進房來一看，只見鮮血滿地，人為兩段，嚇得面如土色，大家沸騰，出了房門，來報屠封。屠封才得起身，與尉遲恭、秦、程三位，用過定心湯，要同去朝參。只見幾名番女擁進殿前，叫聲：「太師爺，不好了！公主娘娘被羅通殺死！還不走阿！」屠封丞相聽見，魂飛魄散，大放悲聲，也不別而行，出了白虎殿，要逃性命了。敬德等三人聽報，嚇得頓口無言，好像提在冷水內，說：「不好了！若果有此事，屠丞相放不得去的。」便叫聲：「老丞相，不必著忙，快快請轉！」這屠封那裡肯聽，匆匆然跑往外邊去了。

三位公爺心慌意亂，說：「這小畜生，無法無天的了！」大家同上銀鑾殿。朝廷方將身登龍位，秦、程二人奏道：「陛下，不好了！」如此恁般❻。驚得朝廷說：「反了！反了！有這等事？寡人御旨多不聽了！快把這小畜生綁來見朕！如今屠封在那裡？」三位公爺說：「陛下，他才出午門去了。」叫聲：「尉遲王兄，快與朕前去宣來！」尉遲恭退出午門，趕到北關，見了屠封，叫聲：「丞相，聖上有旨，請你轉去，還有國事相商。」屠封聽見此言，又不敢違逆，只得隨了尉遲恭到銀鑾殿上，連忙俯伏說，叫聲：「萬歲阿，臣有罪！顯見公主得罪天邦殿下，臣該萬死！望陛下恕罪草莽之臣一命。」朝廷叫聲：「丞相平身。卿有何罪？寡人心內欲與你邦：

結成永遠相和好，故求公主聘羅通。」

不知貞觀天子如何發放屠封，且看下回分解。

---

❻ 恁般：如此；這般。恁，音ㄋㄣˋ。

第十五回　受聖恩康王復舊位　勝班師羅通娶醜婦

詩曰：

羅通空結鳳蕭緣❶，有損紅妝一命懸。
雖然與弟將仇報，義得全時信少全。

貞觀天子說：「丞相，朕欲兩國相和，與羅通結為秦晉之好。不想這畜生無知，傷了公主，朕的不是了！故而請你到殿，將原舊地方歸還你邦，汝君臣不必怨恨。寡人即日班師，留一萬人馬與你保護，以算朕之陪罪。」屠封聽言，心不勝之喜，說：「我王萬萬歲！」立起身來，退出午門，回轉賀蘭山，自然另有一番言語。君臣兩下並無戰將強兵，所以不敢報仇，只得忍耐在心。

不表番國之事。如今講到羅通正在逍遙殿，只見四名校尉❷上前，剝去衣服，綁到銀鑾殿。朝廷大

❶ 鳳蕭緣：用鳳女弄玉與蕭史故事。弄玉，相傳為春秋秦穆公女，嫁善吹簫之蕭史，日就蕭史學簫作鳳鳴，穆公為作鳳臺以居之。後夫妻乘鳳飛天仙去。事見漢劉向列仙傳。

❷ 校尉：軍職名。漢代地位略低於將軍，隋唐以後迄清，為武散官之號，明清之際也稱衛士為校尉，地位尤低。

喝說：「我把你這小畜生千刀萬剮才好！寡人昨日怎樣對你講？屠爐女傷了你兄弟，也算兩國相爭，誤傷的。他有十大功勞向於寡人，也可將功折罪。不遵朕旨意，不喜公主，只消自回營帳，不該把他殺死！可憐一員有情女將，將他屈死，你怎生見朕？校尉們，與朕推出午門梟首！」校尉一聲「領旨」，推出午門去了。

此時眾公爺見龍顏大怒，沒有人敢出班保奏。不要說別人不敢救，就是一個嫡親表伯父秦叔寶也不敢上前保奏！大家呆著。獨有程咬金，想起前日討救之時羅家弟婦之言，不得不出班保奏一番。連忙閃出班來，叫聲：「刀下留人！」說道：「陛下龍駕在上，臣冒奏天顏，罪該萬死！」朝廷說：「程王兄，羅通違逆朕心，理該處斬，為甚王兄叫住了？」咬金說：「陛下在上，羅通逆聖，應該處斬。但臣前日奉旨討救，曾受我弟婦所囑，他說：『羅氏一門，為國捐軀，止傳一脈，倘有差遲，羅氏絕祀，萬望伯父照管。』臣便滿口應承，故此弟婦肯放來的。雖這小畜生不知法度，有違聖心，萬望陛下念他父親羅成功於社稷，看臣薄面，留他一脈，臣好回京去見羅家弟婦之面。」朝廷說：「既然王兄保奏，赦他死罪。」咬金說：「謝主萬歲！」傳旨赦轉羅通。

羅通連忙跪下，說：「謝父王不殺之恩。」朝廷怒猶未息，說：「誰是你的父王！從今後，永不容你上殿見朕！削去官職，到老不許娶妻！快快出去，不要在此觸惱寡人！」羅通領旨，退出午門，回進自己營中，與眾弟兄講話。各相埋怨，不應該如此失信，太覺薄情了。如今公主已死，說也徒然，只索罷了。

不表小弟兄紛紛講論，單說朝廷傳旨，殯葬屠爐公主屍首，駕退回營。群臣散班。秦、程二位退出午門，遇見羅通，叔寶說：「不孝畜生！為人不能出仕於皇家，以顯父母，替祖上爭氣！一家親王多不要做，自拿來送掉了！如今削去職分，到老只好在家裡頭！」羅通說：「老伯父，不要埋怨小侄了，倒是在家侍奉母親的好。」咬金說：「畜生！既是事親好，何必前日在教場奪此帥印？為伯父好意費心，用盡許多心機說合❸來的，何苦把這樣絕色佳人送了他性命！如今朝廷不容娶討，只好暗裡偷情，當官不得的。要娶妻房，除非來世再配罷！」羅通說：「伯父，又來了！既然萬歲不容婚配，理當守鰥到老，怎敢逆旨！伯父保駕班師，緩緩而行，小侄先回京城。」咬金說：「你路上須當小心。」羅通答應道：「是！」就往各營辭別。當日上馬，帶了四名家將，先自回往長安，不必去表。

如今過三天。這一日，貞觀天子降旨班師，銀鑾殿上大排功臣宴。元帥傳令三軍擺齊隊伍，天子上了驌驦馬，眾國公保駕，炮響三聲，出得木楊城，赤壁康王同丞相與文武官一路下來，見了朝廷，大家俯伏，口稱：「臣赤壁康王，候送天子！」貞觀天子叫聲：「狼主平身。賜卿三年不必朝貢，保守汛地，寡人去也。」康王稱謝道：「願陛下聖壽無疆！」留下一萬人馬，保守關頭，木楊城原改了康王旗號，狼主退歸銀鑾殿，這話不表。

單講朝廷降下旨意，捲帳行兵，到得陝西，有大殿下李治，聞報父王班師，帶了丞相魏徵、眾文武出光泰門，前來迎接，說：「父王，兒臣在此迎接。」「老臣魏徵迎接我王。」朝廷叫：「王兒平身，降朕旨意，把人馬停紮教場內。」殿下領旨，一聲傳令，只聽三聲號炮，兵馬齊齊紮定。天子同了諸將進城，眾文武送萬歲登了龍位，一個個朝參過了，當殿御甲換了蟒服。差元帥往教場祭過旗纛，犒賞了大

❸ 說合：為人介紹，促成其事。

小三軍，分開隊伍，各自回家，夫妻完聚，骨肉團圓。朝廷降旨，金鑾殿上，大擺功臣筵宴。飲完御宴，駕退回宮，群臣散班，各回衙署，自有許多家常閑話。如今鎗刀歸庫，馬放歸山，安然無事。

連過七八天，這一日，魯國公程咬金朝罷回來，正坐私衙，忽報史府差人要見。咬金說：「喚他進來。」史府家將喚進裡邊，說：「千歲爺在上，小人史仁叩頭。」咬金說：「起來，你到這裡有何事幹？」那史仁說：「千歲爺，我家老爺備酒在書房，特請千歲去赴席。」咬金道：「如此，你先去，說我就來。」史府家將起身便走。程咬金隨後出了自己府門，上馬帶了家將，慢慢的行來。到史府衙門，報進三堂❹。史大奈聞知，忙來迎接，說：「千歲哥哥，請到裡邊去。」咬金說：「為兄並無好處到你，怎麼又要兄弟費心？」史大奈說：「哥哥，又來了！小弟與兄勞苦，多時不曾飲酒談心。蒙天有幸，恭喜班師，所以小弟特備水酒一杯，與兄談心。」咬金說：「只是又要難為你。」

二人挽手進入三堂，見過禮，同到書房。飲過香茗，靠和合窗❺前擺酒一桌，二人坐下，傳杯弄盞。飲過數盃，說：「千歲哥哥，前日駕困木楊城，秦元帥大敗，自思沒有回朝之日，虧得哥哥你年紀雖老，英雄膽氣未衰，故領救兵，奉旨殺出番營，幸有謝兄弟相度，恭喜班師。」咬金說：「不入虎穴，焉得虎子？為兄最膽大的！」

這裡閑談飲酒，忽聽和合窗外一聲喊叫：「嘰！程老頭兒，你敢在寡人駕前吃御宴麼？」嚇得程咬

❹ 三堂：第三進堂屋。

❺ 和合窗：又稱支摘窗。一般分上、中、下三層，上面兩層為可支起放下的窗，下層一扇則做成直立式，拔掉木插銷可將窗摘下。

金魂不附體，抬頭一看，只見對過❻有座樓，樓窗靠著一人，甚是可怕！乃是一張鍋底黑毛臉，這個面孔左半身推了出來，右半身凹了進去，連嘴多是歪的。凹面闊額，兩道掃帚濃眉，一雙銅鈴豹眼，頭髮披散滿面，穿了一件大紅衫，一隻左臂膊露出在外，靠了窗盤，提了一扇樓窗，要打下來。那程咬金慌忙立起身來，說：「兄弟，這是什麼人，如此無禮！樓窗豈是打得下來的？」史大奈說：「哥哥不必驚慌，這是瘋顛的。」對窗上說：「你休要胡亂！程老伯父在此飲酒，你敢打下來？還不退進去！」那番這個八不就❼的人就在裡面去了。

程咬金說：「兄弟，到底這是什麼人？」大奈說：「咳！哥哥，不要說起！只因家內不祥，是這樣的了。」咬金說：「兄弟，你方才叫他稱我老伯父，可是令郎？」大奈說：「不是，小弟沒福，是小女。」程咬金說：「又來取笑了！世間不齊正醜陋堂客❽也多，不曾見這樣個人，地獄底頭的惡鬼一般！怎說是你令愛起來？」大奈說：「不哄你，當真是我的小女！所以說人家不祥，生出這樣一個妖怪來了。更兼犯了瘋顛之症，住在這座樓上，吵也被他吵死了。」咬金說：「應該把他嫁了出門。」大奈說：「哥哥，又來取笑了！人家才貌的裙釵，絕色的佳人，尚有不中男家之意。我家這樣一個妖魔鬼怪，那有人家要他！小弟只求他早死，就是白送出門，也不想的。」

咬金叫聲：「兄弟不必耽憂，為兄與你令愛作伐，攀一門親罷。」大奈說：「又來了，小戶人家怕

---

❻ 對過：對面相隔一段距離的地方。

❼ 八不就：猶言八不靠，不著邊際。

❽ 堂客：泛指婦女。

沒有門當戶對，要這樣一個怪物？」咬金說：「為兄說的不是小戶人家，乃是大富大貴人家的蔭襲公子。」大奈笑道：「若說大富大貴蔭襲爵主，一發不少個千金小姐、美貌裙釵了。」咬金說：「兄弟，你不要管！在為兄身上，還你一個有職分的女婿。」大奈說：「當真的麼？」咬金道：「自然！為兄的告別了，明日到來回音。」大奈說：「既如此，哥哥慢去。」史老爺送出。

魯國公那馬來到午門，下馬走到偏殿，俯伏說：「陛下在上，臣有事冒奏天顏，罪該萬死。」朝廷說：「王兄所奏何事？」咬金說：「萬歲在上，臣前在羅府中，我弟婦夫人十分悲淚，對臣講說：『先夫在日，也曾立過功勞，與國家出力，一旦為國捐軀，只傳一脈，才年十七。只因朝廷被困北番，我兒要救父王，奪元帥印，掌兵權，征北番，救龍駕，逼死屠爐公主，觸怒聖心，把孩兒削除官爵，退居為民，不容娶妻，豈不絕了羅門之後？先夫在九泉之下也不安心的。望伯父念昔日之情，在聖駕前保奏一本，容我孩兒娶妻，以接後嗣，感恩不盡！』為此，老臣前來冒奏。可恨羅通把一個絕色公主尚然逼死，臣想不如配一個醜陋女子！卻好湊巧，訪得史大奈有位令愛，生來妖怪一般，更犯瘋病，該是姻緣。未知陛下如何？」朝廷說：「既然程王兄保奏，寡人無有不准。」咬金大悅，說：「願我王萬歲，萬萬歲！」

謝恩退出午門，又到羅府內細說一番。竇氏夫人心中大悅，說：「煩伯伯與我孩兒作伐起來。」咬金道：「這個自然。」說罷，前往史府內說親，不必再表。要曉得，這一家作伐有甚難處？他家巴不能夠推出了這厭物❾東西！各府公爺爵主們都來恭喜。

選一吉日，羅老夫人料理請客，忙忙碌碌，一面迎親，一面設酒款待，鼓樂喧天。史家這位姑娘倒

❾ 厭物：令人厭憎之物。

也希奇，這一日就不痴了！喜嬪與他梳頭，改換衣服，臨上轎，爹娘囑咐幾句。娶到家中，結過親，送入洞房，不必細講。這位姑娘形狀多變了，臉上泛了白，面貌卻也正當齊正了些。與羅通最和睦，孝順婆婆十二朝。過門後權掌家事，萬事賢能。史大奈滿心歡喜，史夫人甚是寬懷，各府公爺無不稱奇。也算羅門有幸，五百年結下姻緣，不必去說。

此回書單講小英雄定北，欲知後事如何，且看薛仁貴征東便知。

詩曰⑩：

聖駕回鑾萬姓歡，京城祥瑞眾朝觀。
蕩平北國軍威震，全仗少壯志勇兼。

⑩詩曰：此詩據中國社會科學院文學研究所藏文林堂說唐後傳補配。

中國古典名著

專家校注考訂　古典小說戲曲大觀

世俗人情類

紅樓夢
金瓶梅
老殘遊記
平山冷燕
品花寶鑑
野叟曝言
綠野仙踪
海上花列傳
九尾龜
醒世姻緣傳
三門街
花月痕
孽海花
魯男子
遊仙窟　玉梨魂（合刊）
筆生花
浮生六記

公案俠義類

水滸傳
兒女英雄傳
三俠五義
七俠五義
小五義
羅通掃北
楊家將演義
萬花樓演義
粉妝樓全傳
七劍十三俠
包公案
海公大紅袍全傳
施公案

歷史演義類

三國演義
東周列國志
東西漢演義
隋唐演義
說岳全傳
大明英烈傳

神魔志怪類

西遊記
封神演義
濟公傳
南海觀音全傳　達磨出身傳燈傳（合刊）

諷刺譴責類

儒林外史
官場現形記
文明小史
鏡花緣
二十年目睹之怪現狀
何典　斬鬼傳　唐鍾馗平鬼傳（合刊）

擬話本類

拍案驚奇
二刻拍案驚奇
喻世明言
警世通言
醒世恒言
今古奇觀
豆棚閒話　照世盃（合刊）
石點頭
十二樓
西湖佳話
西湖二集

著名戲曲選

竇娥冤
琵琶記
第六才子書西廂記
牡丹亭
荊釵記
長生殿
桃花扇

楊家將演義

紀振倫／撰　楊子堅／校注　葉經柱／校閱

清代以來，以楊家將故事為題材的京劇和地方戲劇不下百種，大都取材自小說《楊家將演義》。書中以楊繼業祖孫五代與入侵的遼和西夏人英勇戰鬥、前仆後繼的事蹟為主軸，雖然事件紛繁，但鏡頭集中，人物形象突出，情節描述有條不紊、生動傳神，值得再三玩味。

七劍十三俠

唐芸洲／著　張建一／校注

《七劍十三俠》是一部以明代武宗年間，寧王朱宸濠叛亂一事為背景架構，寫七子十三生如何鋤奸除惡，並助明武宗平定宸濠之亂的歷史俠義小說。作者採用虛實交錯的手法，將歷史與想像結合，故事高潮迭起，描述生動，讀來讓人不忍釋卷。本書以善本相校，難解詞語注釋詳盡，書中所提歷史制度、人物事件則皆有說明，十分便於閱讀。

包公案

明・無名氏／撰　顧宏義／校注　謝士楷、繆天華／校閱

《包公案》是部專講宋朝名臣包拯斷獄故事的公案小說，其中樹立起包拯廉潔奉公、明察秋毫的清官形象，大為深受貪官汙吏之害的百姓歡迎，故能廣為流傳，歷久不衰。本書以清代翰寶樓刊本為底本，校以藻文堂刻本等，多所補闕訂正，冷僻詞語、典故並有注釋，便於讀者閱讀理解。

說岳全傳

錢彩／編次　金豐／增訂　平慧善／校注

北宋靖康年間，金兀朮帶領金兵入侵，宋朝皇帝無能加上權臣誤國，社稷岌岌可危，一代名將岳飛便是在這樣的背景下躍上歷史舞台。本書從大鵬轉世、岳飛誕生寫起，精彩鋪陳岳飛一生轟轟烈烈的英雄事蹟。全書高潮迭起，兼顧史實與小說的技巧，是一部引人入勝的經典文學作品。本書正文以乾隆餘慶堂刻本為主，另校以二種清刻本，引言與考證對於岳飛史實和相關文學創作，並有深入的評析。